絵／嶋田 知穂

元気になったら

嶋田　富美子

Fumiko Shimada

母の乳がん末期からの闘病記

文芸社

目次

1. 青天の霹靂

平成二十三年七月二十九日、金曜日の夕方のことです。

娘が大学の夏休みで京都から帰省するため、新横浜まで迎えにいく約束をしていました。留守番ができない愛犬アンを母に預けるため、実家の駐車場に車を止め、いつものように何も考えずアンを抱いて家に入ろうとした時でした。母が縁側から憂うつそうな顔をして突然言ったのです。

「心配させると思って黙っていたんだけど、おっぱいにしこりがあって……」

そして私の手を自分の胸に持っていき、私にしこりを触らせました。

その瞬間、本当に一瞬の間に自分の顔色がみるみる変わり、体が凍りついたのを今でもはっきりと覚えています。

「何、これ！」

まるで、固いごつごつとした巨大な岩を触っているような感触で、あまりにも恐ろしく

て、それ以上じっくりと触る気にはとてもなりませんでした。

今思うと、もっと冷静になってしっかりと触り、赤紫色に変色した母の胸を写真に撮っておけばよかったと本当に後悔しています。

しかし、その時は気が動転していて、ただただ「どうしよう。これはもう駄目だ！　もうきっと手遅れに違いない！」と、最悪のことしか考えられませんでした。

次の日、私は中学時代のクラス会があり、出席はしたものの、母の巨大なしこりが頭から離れませんでした。友人達の前で作り笑いすることさえ苦しく、楽しむことも食事をすることも全くできませんでした。

夜も眠れず、夜中に何度も起きては、インターネットで乳がんについて検索し、調べました。

突然しこりが巨大化する乳がんの例はほとんど見当たらず、母のしこりもがんではないと、必死にいいほうへと考えようとしている自分がいました。

母にしこりのことを告げられて、その日のうちに病院に行くこともできず、土日を挟んで、八月一日、月曜日の朝一番で病院に行くことにしました。

2．乳腺クリニックで検査

八月一日朝九時、まず父のかかりつけの内科医院に紹介状を書いてもらいに行きました。できるだけ大きな病院のほうがいいような気がして、母に、ある病院の紹介状を書いてもらうようにと言って診察に送りだしました。

その病院では、私の友人も乳がんの手術を何年か前にしていて、友人の経過も良好でしたし、駐車場も広く車で行きやすかったというのもあり、土日の二日間、いろいろネットで検索した結果、そこに決めていたのです。

ただ、大きな病院なので、すぐに検査してもらえるのか不安でした。何せ、十センチほどもある、今にも飛び出してきそうなしこりです。のんびりしている場合ではありません。

しばらくして内科医院の診察室から、母が紹介状を持って出てきました。

しかし、手に持っていた紹介状にはその病院ではなく、乳腺クリニックと書かれていま

した。私は母に聞きました。

「どうして、私が言った病院の紹介状を書いてくださいって言わなかったの？」

「言ったんだけど、先生が乳腺クリニックがいいからそこに行きなさいって言って、有無を言わせなかったの」

母は困った顔でそう答えました。

私は乳腺クリニックもネットで調べてはいたのですが、駐車場がないし、手術するとなると他の病院でするようだったので、受診することは全く考えていなかったのです。

しかし、乳腺クリニックなら、今日すぐにでも検査をしてくださると言うので、しぶしぶではありましたが、その足で向かいました。

乳腺クリニックは駅からは近いのですが、車で行くとなるととても行きにくく、この先、何回も通うことを考えたら、ちょっと憂うつになりました。

でも、一刻も早くしないと手遅れになる、いいえ、もう手遅れかもしれないと焦っていた私には、迷っている暇など少しもなかったのです。

乳腺クリニックで紹介状を渡して受付けをすませると、しばらくは待たされましたが、マンモグラフィー、エコー、レントゲン（胸と腰）、しこりから細胞を採取するマンモトーム生検をして、お昼過ぎには全ての検査がひととおり終わりました。

検査の結果が出るまで一週間とのことでした。

その間、私は気が気ではなく、乳がんについて勉強したり、乳がん体験や闘病ブログを読み漁っていました。まだ誰にも相談できずに、ただただ最悪の結果が出ないことを祈るばかりでした。

3. 検査後

検査をしたその日の夕方頃から、細胞診をしたせいか母のしこりはそれまで以上に赤く腫れあがり、まるでマンゴーが熟れたように膨らんでいました。
触るとかなり熱を持っていて、母が火傷したように熱くて熱くてたまらないと言うので、私は冷凍庫にあった保冷剤や氷をタオルに巻いて、母の胸に当ててあげました。
しかし、あっという間に保冷剤や氷が溶けてしまい、どれほどの熱を持っているのかと、恐ろしく思いました。

次の日、しこりの熱は少し治まりましたが、まだ熱いというので薬局で冷却シートを買ってきましたが、ほとんど効果がなく、気休めにしかなりませんでした。

「マンモトーム生検をしたせいですか？」と、後日、主治医に聞きましたが、「さぁ？そんなことはあまりないんだけどなぁ」とのことでした。

私は、細胞を採取するにあたり刺激を受けた得体の知れないしこりが、まるで意思を持って、「何をするんだ！」と言わんばかりに腹を立てているのかと感じました。

それにしても、いったいいつ頃からしこりができて、母はいつ頃から気付いていたのでしょうか。

母によると、五月の終わり頃に、直径二センチ弱の飴玉のようなコロッとした物が手に触って、何だろうと思っていたというのです。

私は、本当はもっと前から気付いていたのではないかと思っていますが……。

それに、何だろうって、子供ではないのだから、乳がんの可能性くらい普通に考えそうなものです。

しかし母は、授乳によって乳がんリスクが減るという知識もあり、兄も私も母乳だけで育てたから、自分が乳がんになるなど全く考えなかったらしく、しばらく様子を見ていたら、みるみる大きくなってしまったと言うのです。

母乳をあげていたら乳がんになりにくいという研究結果もありますが、絶対ではありません。そういう間違った知識が、母のしこりを巨大化するまで放っておいた原因の一つになっていました。私に伝えた時は、あまりにも突然巨大化したしこりに驚き、自分だけではどうすることもできず、さすがにこれ以上隠してはおけないと悟ったようでした。

それにしても、二ヶ月前まで二センチほどだったしこりが、どうしてそんなに急に巨大化したのでしょうか。

今、思うと、七月に入った頃から、母はたびたび腰痛を訴えていました。

普段、あまり足腰が痛いと言うことがない母にしては珍しいとは思っていましたが、その年の五月に八十二歳になっていたので歳のせいだろうと思い、私も軽く見ていたのです。しかし、先日、乳腺クリニックで受けたレントゲン検査で、背骨を圧迫骨折していたことが分かりました。骨折していたのでは痛いはずです。

その骨折が、乳がんによるがん細胞の骨転移のせいだったのかは明確には判断できないようですが、可能性としては高いとのことでした。

そして、その頃から食欲もなく、

「あまり食べたくないの、食べなきゃ食べないでいいんだけど、そうもいかないから無理して食べてるんだけど……」

と言っていたことを、あとになってから思いだしたのです。

そんな中、七月十日に母方の祖母の法事があり、長崎県まで母一人で無理して二泊三日で出かけて行きました。帰ってからさすがに疲れた様子でしたが、無事行ってこられたことに母はほっとしているようでした。

きっと、その法事の前に私にしこりのことを言ったら、病院やら検査やらで法事に行けなくなると同時に、親戚中で大騒ぎになると思ったのかもしれません。

母によると、長崎から帰ってきてから二週間くらいの間に、飴玉ほどの大きさだったしこりがあっという間に十センチほどに膨れあがったというのです。

それまでおとなしくしていたがんが疲労などにより一気に大きくなったのではないでしょうか。

腰痛や食欲不振は訴えていましたが、毎日のように顔を合わせている私に、よく二ヶ月間もしこりがあることを隠しとおせたなぁと、母のポーカーフェイスには変に感心してしまいます。

もし、しこりが巨大化してがんの存在を主張してこなかったら、母は大きくならないのをいいことに、ずっとあとになるまで隠していたに違いありません。

思えばその二ヶ月間に、かつてアイドルとして一世を風靡し、女優として活躍されていた方が乳がんで亡くなったニュースを二人で見て、「乳がんも怖いね」と話もしていたし、その時、乳がんになった私の友人の話もしていたのです。だというのに、母は自分が乳がんかもしれないという素振りは微塵も見せませんでした。私も私で、母の体重が四十五キロから六キロも落ちていたのに、毎日のように会っていたせいか、全く気付きませんでした。私はあまりにも鈍感で、自分でも呆れるくらいです。何せ母は、私を産んで以来五十年間、歯医者以外はただの一度も病院に行ったことがなく、準看護師の資格も持っていて整形外科で働いていたこともあるのに、大の病院嫌いでした。

母はいつも、「私が病院に行く時は死ぬ時だ」と言っており、その時は冗談にしか聞こえませんでしたが、現実になりそうでした。

それほど健康だった母なので、病気に、ましてやがんになるなんて一パーセントも考えたことがなく、がん闘病は自分達とは無縁だと思っていたのです。

検査をしてから結果を待つまでの間に、母の妹にあたる私の叔母が、お友達の家に行く途中、私が住むマンションに立ち寄りました。母が検査をした三日後のことでした。

その日、しこりのことや、検査の結果待ちであることを叔母に話そうか迷っていました。母に相談したら、「まだ、結果が出ていないから、余計な心配をかけないほうがいいでしょう」と言うので、その時は話さず黙っていました。

私としては、誰にも言えず一人で抱え込んでいたので、本当は叔母に打ち明けて相談したかったのです。

今考えれば、その時叔母が話を聞き、母のしこりを見たり触ったりしていたら、その後のお友達の家への訪問もおしゃべりも台なしになってしまい、楽しむどころではなかったでしょう。

言わないでよかったのか、いやそれとも、あの時一緒に見てもらったほうがよかったのか、母と私は今でもときどき思いだしては、その日のことが話題にあがります。

あとから聞いた話ですが、叔母は、その時の母の顔色があまりにも悪く、具合が悪そうに見えたので心配だったと話してくれました。

4．予想を超えた最悪のがん告知

八月八日。いよいよ検査結果を聞く日がやって来ました。

一応、悪い結果が出ることも予想はして、少しは覚悟もしているつもりでした。

前日の夜は、全くといっていいほど眠れず、当日の朝は緊張のためお腹が痛くてふらふらでしたが、気力だけで何とか母を乳腺クリニックに連れていきました。主治医は診察が全て終わってからしか時間が取れないとのことで、乳腺クリニックに行ったのは夕方の六時でした。

検査結果は必ず家族と一緒に聞くようにと電話で言われたと母から聞き、嫌な予感とともに不安はピークに達していました。

待合室で名前を呼ばれるのを待つ間、母と二人、暗い気持ちでぽつんと椅子に座っていた光景が今でも思いだされます。

しばらくして、いよいよ診察室へ呼ばれ、母と私で先生の前に腰かけ、検査結果の説明

を聞きました。こんな場面は、テレビドラマでしか見たことがなく、まさか自分がそこにいるなんて信じられない思いでした。しかし、さらに信じられない言葉が主治医の口から告げられたのです。

「やはり、悪性のがんでした。それも、あまり質のいいがんではありませんね。トリプルネガティブというタイプで、抗がん剤も効くかどうか、やってみないと分からないです。高齢なので、あまり強い薬は白血球が急に下がることもあり、危険なので恐くて打てません。とりあえず、今週の木曜日から毎週パクリタキセルを打って様子を見ましょう。それで効果がなかったら、手術をするしかないですね。ただ、お盆休みに入るので、一番早くても手術は八月二十九日になります」

私も母も、その頃はまだ乳がんに関する知識も少なく、また、抗がん剤は恐ろしい、という認識しか持っていなかったので、抗がん剤が効くこともほとんど当てにしていませんでした。

そのため、一日も早くあの巨大なしこりを取ってしまいたかったので、手術までの三週間というのがとても長く感じられました。

しかし、手術するには二十九日しか空いていないというのでは仕方がありません。たとえ他の病院に行ったとしても、手術がもっと先になる可能性が高いし、待ったなしの状態だったので、セカンドオピニオンに行く猶予なども全くありませんでした。

本当に無知だったので、どんなに大きなしこりでも簡単に取れると思っていたのです。

そして私は、標準治療しか行わないクリニックで場違いにも、

「抗がん剤以外の治療で、免疫療法や、健康食品、またはワクチン等の治療はどうなのでしょうか」

と主治医に質問しました。すると、

「そんなものは全くと言っていいほど、エビデンス（証拠）がありません」

と、全否定されてしまいました。

「とにかく、まず明後日、K市立病院に術前検査に行ってください。手術もその病院で行います。今、予約を入れますので、朝できるだけ早く受付けをすませてください」

そう言われると、母は抗がん剤の量を決めるため、体重を測りに隣室へと看護師に連れていかれました。私は一人頭を抱え、「大変なことになってしまった……」と呟きました。

主治医は、そっと私に検査結果の書類を見せて、書類に書かれているk・i67（血液中自己抗体）の数値を指さし、小さな声で言いました。

「ここの数値、九十パーセントって書いてあるでしょ、こんなに増殖率の高いがんは滅多にないんだよ。だからもう他にもかなり転移してると思うから、緩和ケアを考えるように

しましょうね」

もうほとんど治療を諦めたような言い方でした。また、書類にはステージ４ａとも書かれていて、手の施しようのない状況だと悟りました。

もう、全身がんだらけなのだろうか……。

昨年、友人のお母様が、気付いた時は全身がんだらけで、入院後一ヶ月もしないで亡くなったことが頭をよぎり、母も同じような運命を辿るのではないかと絶望的になりました。

私は顔が青ざめ、思考が停止してしまい、主治医が言っていることもどれだけ理解していたか分からない状態だったと思います。そんな状況の中、主治医から、「手術しても多分取りきれないと思うけど、がんが飛び出してきちゃうと大変だからね」と、さらに恐ろしいことを言われました。

たとえ難しい治療だとしても、たとえ嘘だとしても、全力を尽くします、という言葉だけでも欲しかったのですが、そんな言葉は何の意味もないと、その時の主治医は感じていたのかもしれません。

その時、隣の部屋で体重を測っていた母の、「体重が六キロも減っているの」という弱々しい声が聞こえてきました。

私はそんな母の顔を心配そうに見つめながら、今、主治医が私に言っていた言葉が母に聞こえてはいなかったかと冷や冷やしてしまい、乳がんの進行具合をとてもじゃないけど母には言えないと思いました。

母に、来年は来るのだろうか？

いや、もっと早いのか？

主治医に余命を聞くことはあまりにも恐ろしくてその場ではできませんでしたが、あとになって、主治医と面談をした時、

「秋は越せても冬は無理だろう。せいぜい二ヶ月か三ヶ月持つかどうかだと思っていました」

と告げられました。

私は、母がそんなになるまで隠していたことに怒りを覚えると同時に、なぜもっと早く私も気付かなかったのかと自分に腹が立ち、悔やんでも悔やみきれませんでした。

帰り際、看護師がくれた、「乳がんの治療はずいぶん進歩していますよ」という言葉だけが、ほんの少しの心の救いでした。クリニックから外へ出ると、もう夜も八時近くなっていて、私と母の心のようにまっ暗でした。

家に帰ってから父と娘に検査結果を報告すると、父は、「そうか」と言っただけで、他には何も言いませんでした。私は、そもそも母が乳がんになったのは、父が毎日口煩《うるさ》く、母を責めるようなことばかり言っていたから、そのストレスでがんになったに違いないと思っていました。だから父には、

「もう、お母さんに煩いことは言わないで！　お母さん、大変な病気なんだから！　少しは優しくしてあげて！」

と、強く釘を刺しました。心の中で、「もうお母さん、そんなに長く生きられないかもしれないんだから……」と、決して口には出せない想いを抱きながら。そして、父が優しくなることが、母にとって一番の抗がん剤になるのでは、と本気で思っていました。

その後、父は以前に比べるとかなりおとなしくなったので、母はそれが何よりもキャンサーギフトになったと言っています。

私の娘は、祖母ががんだと聞くとワーワー泣きだし、その声に母が驚くほどでした。そんな孫娘に母は、「治療したらよくなるから、大丈夫よ」と慰めていました。

私はその時、何も言うことができませんでした。何を言っても気休めにしかならないと思ったのです。母の乳がんは決して治らないと諦めていたわけではありませんでしたが、

治るのは奇跡でも起きない限り不可能だとしか思えませんでした。

母は内心どうだったのかよく分かりませんが、とても気丈に見えました。あとで聞いたら、ただ呑気だっただけと言っていましたが……。

あまり深刻に考えなかったのが、母にはかえってよかったのかもしれません。

母は常日頃から病院嫌いで、もしがんになったら積極的な治療はしないで緩和ケアだけでいいと言っていたので、がんと闘ってくれるかとても心配していました。

しかし、どうやらその心配はなく、あれほど嫌がっていた抗がん剤治療も受けると言ってくれたので、それだけでもほっとしたことを覚えています。

5. 一変した生活と、最初にしたこと

誰でもそうかもしれませんが、がんと告知されたとたん、がんにがんじがらめになり、そしてがんに振り回され、その後の生活を一変させてしまいます。

本人だけではなく、家族も同じです。

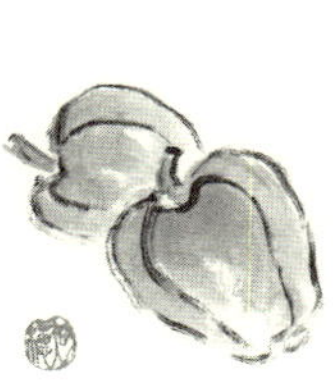

がんはとても手強く、厄介な病気なので、一人ではなかなか闘えないと思います。ましてや母一人では何もできないので、通院にしても、私ができる限りの時間を調整し、連れていくしかありませんでした。

母の両親は二人とも脳梗塞を患っていたので、母は脳梗塞になることばかり心配していました。だから「何で、がんなんかになっちゃったんだろう。まさか自分ががんになるなんて、思ってもいなかったわ」と、ときどき呟いていました。

きっと、誰もががんになるまでは、まさか自分が、と思っていると思います。

現に私も、自分は大丈夫と根拠のない自信を持っているのですから、呆れたものです。

私は医学の進歩を信じていましたが、現代の医学ではどうしようもない病気がたくさんあることも理解していました。だからこそ、藁《わら》にも縋《すが》る思いで、あれもこれもと、がんによさそうな情報を集め始めました。

まず、一番手っ取り早かった、健康食品を取り寄せました。

昔からがんにはアガリクスなど、キノコがいいと聞いたことがありましたが、インターネットで検索してみると、さまざまな健康食品があったことに驚きました。

母の乳がんには、いったいどれが効果があるのだろうか？

一つひとつ試してみる時間の余裕などなかったので、とりあえず、フコイダン、キノコ系のサプリメント、サメ軟骨、その他にも人が勧めてくれたものをいくつか注文しました。どれもその日中に発送してくれて、次の日には届くのですから、対応の早さに感心しました。

私の状況を知っている友人が韓国に行った時は、ありがたいことに、とても高価な冬虫夏草を、お土産で買ってきてくださったこともありました。

がんの特効薬などあるのかないのか、またそれが効く人もいれば効かない人もいて、いったい何が一番いいかなんて、誰にも分からないのだと思います。

また、医者の中には抗がん剤と健康食品を併用することに批判的な方もいらっしゃるようですが、その時の私はそんなことは何も考えず、ただただ、がんに効果があると信じたものをやたらに買い込み、母に飲ませていました。

母も私のすることを全面的に信頼し、私の言うとおりに従ってくれていました。私の一生懸命さや必死さからくる気迫が、母にも伝わっていたのだと思います。

私はそれまで五十年間、ただの一度も努力をしたり、頑張ったりしたことがなく、受験勉強でさえ、しないで行ける学校に行けばいいという考えで生きてきました。

そんな私に、母は一度も頑張れとか、勉強しなさいと言ったことがなく、私は好き放題やりたいことをさせてもらってきました。

母が言うには、私は言ってもやらないだろうと、早い時期から悟ってくれていて諦めていたようです。自由にさせてくれていた母に、私はとても感謝しています。

なので、母の看病は私の恩返しでもあり、父は、「何一つ、親の期待に応えてこなかったんだから、唯一の親孝行を今してるんだろう」と言っていたようです。たしかにそうかもしれませんが、父に言われると、かなりムカッときますが……。

そんな理由で、母の看病は私の人生最大の努力であり、そして努力は報われると知った、初めての経験になりました。

また、健康食品以外に、毎日の食事の面でも気を遣い、お米は玄米に変え、肉や甘いものはできるだけ控えるようにしました。そして毎日母のために、野菜たっぷりのスープを作って食べさせ、それは今でも続いています。叔母も母のために、たくさんのニンジンジュースを送ってくださったので、それを毎朝飲むようにしました。そうやってまずは、口に入れるものから変えていきました。

6. 手術前検査

八月十日。検査結果が出た二日後、朝七時半頃に実家に車で母を迎えにいき、K市立病院に八時前には着くように術前検査に行きました。

朝一番の八時に受付けをすませたのに、待っても待っても名前を呼ばれる気配すらありませんでした。二時間が過ぎた頃、痺れを切らせた私が看護師に「まだまだですか?」と聞くと、今日は混雑しているということで、さらに一時間以上待つことになりました。

母も私も待つだけで疲れ果ててしまい、腰痛がひどくなっていた母は体調も悪かったので長時間座れず、待合室の長椅子で横になっていました。

三時間を過ぎた頃ようやく名前を呼ばれ、採血、尿検査、レントゲン、呼吸機能検査、心電図などの検査を終えた時はもうとっくにお昼を過ぎていました。

それからCTと骨シンチの予約を二十四日に入れ、さらに入院する部屋の予約まですませました。二十九日の手術は、絶対行うものとして扱われていたように思います。

本来ならＭＲＩの検査も必要だったのですが、母の腰痛がひどく何十分間もうつ伏せになることは不可能だったので、主治医の判断でＭＲＩ検査はしないでいいことになりました。

最後に会計をして、家に帰ってきた時は、午後二時近くになっていました。

いろいろな書類を何枚も渡され署名捺印し、もうその時点で早くもうんざりしてしまい、この先が思いやられると同時に、健康であることのありがたみをしみじみと感じた一日でした。

7．抗がん剤の治療開始

八月十一日、一回目の抗がん剤の投与が始まりました。薬はパクリタキセルと、骨転移の進行を抑えるゾメタです。パクリタキセルは治療のたびに投与しますが、ゾメタは一般的に月一回の投与という説明を受けていました。ＣＴと骨シンチは二十四日が検査予定のため骨転移に関しては未確認でしたが、主治医の判断でゾメタも一緒に打ってくださった

のだと思います。

初めての抗がん剤投与は不安で一杯でした。がん闘病のブログを読ませていただくと、最初の抗がん剤投与は入院して行っている方が多いように思いましたが、母の場合は最初から通院で行いました。

午後一時半からだったので、その五分ほど前に病院に着くように車で送り、病院前で母を降ろし、私は一度自宅へ戻りました。そして、二時間ほどして母から終わったという電話をもらい車で迎えにいく、という方法で通院を続けました。

母は何もかも知らないことばかりで、まさか座ったまま点滴を受けるなんて思いもしなかったようです。それでびっくりして、ベッドで横になりながら受けられないかと看護師に頼むと、部屋代がかかると言われたので、それを了承してベッドで寝ながら受けさせてもらったとのことでした。横になっていたせいか、点滴の間熟睡してしまったと言っていました。また、手の甲に点滴の針を刺す時が非常に痛かったと言って嘆いていました。

治療のためなので仕方がないとはいえ、闘病生活はただでさえ苦痛なのですから、せめて少しでも痛みのない治療ができたらいいのにと思いました。

抗がん剤を受けたその日は、薬にアルコールが入っているせいか、顔が赤くなっていましたが、吐き気などの副作用はまだそれほど強くは出ていないようでした。

次の日、実家を訪れると、母は昨日よりも具合が悪いらしく、ぐったりとして横になっていました。顔も相変わらず酔っ払ったように赤く、食欲も全くなくなっていました。吐くまではいかないけれど、何とも言い難い気持ちの悪さだと言っていました。そしてゾメタの副作用なのか、前にも増して腰が痛い痛いと言っていました。

8. カツラを買いに行く

八月十四日。抗がん剤を打ってから三日経ち、母はやや回復してきたようでした。まだ具合は悪そうにしていましたが、少しは抗がん剤の副作用が抜けたような感じでした。

私はその日、お昼頃隣の駅に住む義姉の家に行きました。義姉は私のために、お昼に手作りのサンドイッチを用意して待っていてくれました。初めて母の今の病状を話すと、一緒に泣いてくれました。大阪で単身赴任している兄はまだ何も知らないので、今日にでも義姉から兄に上手く伝えてもらうようにお願いしました。

その後、以前からチケットも購入して一緒にコンサートに行く約束をしていた叔母と国際フォーラムで待ち合わせ、ライヴイマージュのコンサートに出演されている方々の素敵な演奏を聞き、久しぶりに心が癒された気持ちでした。

コンサートのあと、叔母も一緒に来てもらい、母のカツラを買いに行きました。

まだ髪は抜けていませんでしたが、抜けるのは時間の問題だったので、早めに用意しておくに越したことはないと思い買いに行ったのですが、とてもいいタイミングだったと思います。私一人では、どれを買ったらいいのか分からなかったので、叔母が一緒に見て選んでくれてとても助かりました。

やはり母の妹だけあって頭の大きさや形も似ているのか、叔母が代わりに試着して買ったカツラは母にもぴったり合い、母も喜んでくれました。

それまで母の乳がんのことを一人で抱え込んでいたので、この日は義姉や叔母に母の病状を詳しく話し、相談に乗ってもらったお陰で、少しは気持ちが楽になったような気がしました。

9．抗がん剤パクリタキセル二回目投与 ―― 縮少してきたしこりと手術延期 ――

八月十八日。二回目の抗がん剤投与の日、母は「抗がん剤、したくないなぁ」と言って、とても憂うつそうでした。

その日も点滴の針がなかなか入らなくて、三回も刺し直してやっと入ったとのことでした。

一回刺すだけでも痛いのに、何回も痛い思いをするのでは点滴の苦痛がさらに増してしまうので、一日も早く抗がん剤治療が終わるように願っていました。

せめて経口薬だったら痛い点滴をしないで飲むだけでいいのに、と思いました。

抗がん剤投与のあと診察があり、触診してしこりの大きさを測るのですが、その日測ると十センチほどもあったしこりが、五センチほどに縮小していました。母も小さくなった自覚はあったようですが、半分近くにもなっているとは思わなかったそうです。

「たった一回の抗がん剤で、一週間の間にこんなに小さくなるかなぁ……」

と、主治医もとても驚くほどの変化でした。

母は毎晩寝る前にしこりを優しく撫でて、「がんちゃん、どうか小さくなってね」とお願いしたのと言っていました。

ちょっと笑ってしまう話ですが、そういう「思い」みたいな目に見えないことも何かしらの作用をするのかもしれません。そして抗がん剤以外に、食事療法を行いサプリメントを摂取したことで、多少は相乗効果があったのではないかと思っています。

その日はしこりが小さくなったことで希望の光が少し見えた思いで、涙が出るくらい嬉しかったのを覚えています。

母と主治医の間にこんな会話がありました。

「抗がん剤の効果も出てきているので、もう少し続けて、二十九日に予定していた手術は延期しましょう」

「でも先生、もう、このがん、早く切り取っちゃってください」

「そんなことできないよ。少しでも小さくしてから手術をしたほうがリスクも少ないんだから」

そう言われるのも当然のことでしたが、その時点では母は手術する気満々だったのです。

しかし、主治医の言うとおり手術は延期になり、半日も時間を潰し、お金もかけた術前検査は無駄になりました。今でも、術前検査は手術日にもっと近くなってから行えばよかったのではないかと思います。

10. その頃の母と私の体調

しこりが少し小さくなってきたことは救いでしたが、母の体調は思わしくなく、相変わらず食欲もありませんでした。母が日に日に弱っていくような気がして、心配が絶えませんでした。

今思うと、お盆の頃から八月の終わりにかけてが母の容体が一番悪かったと思います。腰骨の痛みが前よりも強くなっていると言っていました。

骨転移が進んで悪化しているのだろうか？

それとも、ゾメタを打った影響なのか？

私には全く分かりませんでしたが、誰かのブログでゾメタを打ったあとは腰が痛いと書

いてあったことを思い出し、

「ゾメタの影響だと思うよ。ゾメタが骨を丈夫にしてくれている証拠じゃないの？　副作用があるのは薬が効いているからだって聞いたこともあるし……」

と母に言っておきました。

また母は、抗がん剤を打つ前から尿の色が赤いと言っていたので、もしかしたら腎臓にでも転移しているのかもしれないと思い、口にこそ出しませんでしたが、内心気が気ではありませんでした。そして、おへその奥のほうが痛いと言ってお腹を押さえていたり、咳をしたりするたびに肺に転移しているのではないかと思い、本当に心配が尽きない日々でした。

母も、少しは覚悟していたようで、終活の一つとして郵便局の定期預金を全て解約し、いつでも簡単にお金を下ろせるように普通預金に切り換え、キャッシュカードを作りました。母は定期預金を解約してほっとしたと言っていました。

その頃、私の身体も心も悲鳴をあげていました。

自分の仕事と母の病院の付き添い、看病、食事の仕度と忙しく、時間を調整しながら動き回っていました。それなのに食欲は全くなく、夜もほとんど熟睡できず、体重はみるみる減っていきました。それまで、どんなにダイエットしても落ちなかった体重なのに、その時は面白いくらい落ちていきました。一ヶ月くらいの間に七キロ近く減量することができ、嬉しいやら悲しいやら……。いや、体重に関してはちょっと喜んでいました。

しかし、そんな時、私に不正出血がありました。

ある日トイレに行くと、下着に血液が付いていたのです。びっくりしました。明らかに生理とは違う、とても真っ赤な鮮血でした。「もしかして子宮がん？　私まで病気なの？」と、悪いことばかり考えてしまいました。

すぐにネットで不正出血について検索してみたら、たしかに子宮がんや婦人系の他の病気の可能性もありましたが、その中に、精神的に大きなダメージを受けた時にも出血はあると書かれているのを見つけ、私はこれだ！　と思い、少し冷静になって様子を見ることにしました。

すぐに病院に行って検査したほうがいいよ、なんて人には言うくせに、自分のこととなるとなかなか腰が重くて行けないものです。

しこりに気付いていながら放っぽらかしにしていた母には怒った私ですが、自分だって同じで、人のことを言う資格もないし、母の気持ちも分かるような気がしました。

また、私の手の小指の爪に、ガタガタといくつもの段ができているのも、どうやら精神的なダメージからきているということも初めて知り、心と体は切っても切れない密接な関係を保っていて、さまざまな場所に症状が現れることを実感しました。

でも、私は自分のことどころではなかったので、通院中だった歯医者も事情を伝えて中断し、あと一本残っていた虫歯の治療も放っぽったままになっていました。

11. CTと骨シンチ検査と抗がん剤パクリタキセル三回目投与

術前検査の二週間後、CTと骨シンチの検査の予約を入れていたので、八月二十四日、再びK市立病院へ母を連れていきました。

ほぼ予約時間どおりに始まったCTの検査でしたが、増影剤の注射の針が上手く刺さらず、痛くて痛くて悲鳴をあげるほどだったと言っていました。両腕は紫色に腫れあがり、その後十日経っても消えませんでした。

また、骨シンチ検査では、細く固い板の上で動くことができず、終わったあと、腰が痛くて全く動けなくなってしまい、長椅子で一時間近く横になって休んでいました。

私はその間に会計などをすませ、再び横になっている母の元へ戻り、しばらく母に付き添って母が歩けるようになるまで待ち、やっとの思いで家に連れて帰ってきました。もう二度とこんな検査はさせたくないと思いました。

そして、翌日の二十五日は、三回目の抗がん剤投与の日でした。しこりを測ると、前回の抗がん剤投与から一週間の間にさらに一センチ縮小し、四センチほどになっていました。三週間連続で抗がん剤を投与したので、一週間の休薬をすることになりました。

抗がん剤の投薬や副作用によって、かなりの体力を奪われていたので、一週間の休薬となったことは肉体的にも精神的にも、やっとひと息つけた思いでした。

12. 免疫療法のクリニックに相談

がん治療について調べている時、免疫療法も効果があるのではないかと思い、母の乳がん発覚後すぐに、免疫療法を行っているクリニックにメールでコンタクトをとっていました。この時は、抗がん剤も効かず、手術をしても駄目だった時に備えて、相談料が一時間二万円かかろうともどんな治療法があるのか聞いて、知識だけでも入れておきたかったのです。その後、八月十八日に手術延期が決定し、一回目の抗がん剤で効果も出ていたし、どうしようかと悩んでいました。しかし、二十四日のCTと骨シンチの検査後の母の具合の悪さを目の当たりにし、やはり話を聞いておこうと思いすぐに電話を入れ、もともと手術予定日で時間を空けていた二十九日に予約を入れました。

免疫療法のクリニックには義姉にもついてきてもらいました。そこは病院というより、ホテルのロビーを思わせるような高級感がありました。

免疫療法は保険が利かないので、もしそこで治療をするとなると何百万円もの治療費がかかります。医院長と面談するまでは、きっと高額な免疫療法の治療を勧めてくるに違いないと思っていましたが、意外にも乳腺クリニックの主治医と全く同じ治療方針でした。抗がん剤、そして手術をするのが今の乳がん治療の王道だと言っていました。

私達にとても分かりやすく丁寧に、そして誠実に対応してくださり、もし手術ができない場合は塞栓治療法もあるなど、パソコンの画像を見ながら、樹状細胞ワクチンによる免疫療法も説明してくださいました。とても高い相談料でしたが、話を聞けてよかったと思っています。

13. 丸山ワクチン

しこりは小さくなってきたとはいえ、母は相変わらず食欲もなくさらに痩せ、日に日に体力が落ちているように思いました。私は他にもできることはないかと、模索していました。

そんな時、母が思いだしたように言いました。

「何年か前、お友達のお姉様が卵巣がんになって命も危なかったのに、丸山ワクチンを打ったら効果があったみたいで、その後十年以上、元気にしてたのよ」

早速調べて「丸山ワクチン患者・家族の会」に電話で問い合わせてみました。お電話に出てくださったSさんは、お忙しいのに私の話を親身になってじっくりと聞いてくださり、近所で丸山ワクチンを打ってくれそうな病院をいくつか紹介してくれ、必要な書類もすぐに送りますと言ってくれました。

丸山ワクチンを始めるにあたっての手続きが少し面倒で、週に三日も病院に注射を打ち

に行くのも大変だとも思いましたが、抗がん剤の副作用も軽減するようなので、それだけでも打つ価値があるのでは、と思いました。第一、大変だなんて言っている場合ではなかったので、丸山ワクチンに大いに期待をかけていました。

家族の会から書類が届くと、紹介してもらったいくつかの病院の中から家から一番近い病院を選び、丸山ワクチンを打ってもらえないかとその書類を持ってお願いに行きました。病院によっては断られたり、高額な注射料金を請求されたりすると聞いていたのですが、その病院では快く、しかも低料金で引き受けてくれたので、母は運がよかったと思います。

「僕は、結果がよければ何をやっても全てよしだと思っています。やれることはやってみて、何の効果だって少しでもあればいいじゃないですか」

病院の先生は優しい口調でこう言われ、私も母もそんな言葉をかけていただけると思っていなかったので、とても嬉しく思いました。

いろんなところで、いろんな人達の力を借りて生かされていることを、母が病気になってからしみじみと実感しました。

丸山ワクチンは、注射を打ってくれる病院で書いてもらった書類を持って、一回目だけは文京区の日本医科大学附属病院まで薬を取りにいき、そこで説明を聞いてこなければなりません。

八月二十九日、私が免疫療法のクリニックで相談をしている間に、大学生の娘が夏休みで時間があったので、取りにいく役を引き受けてくれました。

二回目からは薬を郵送してくれるとはいえ、地方の人達はたとえ一回でもはるばる東京まで出てくるのは大変だと思います。

早く、国が認可して保険適用になれば、もう少し気軽に始められるのにと思いますが、なかなか認可されないのには理由があるようです。医者だった叔父が、丸山ワクチンは動物実験をしても結果が出ないと言っていました。

説明を聞いてきた娘によると、もともとは皮膚結核の治療薬で、現在、丸山ワクチンは白血球の数値を下げないことは国でも認められているそうです。そして、娘は、

「最後まで決して諦めないことですって、しきりに言ってたよ」

と言っていました。本当にそのとおりだと思います。

最後まで諦めないで、さまざまな方法を探し続けていきたいと思いました。

それに、白血球の数値を下げないだけでも立派な効果だと思います。

抗がん剤を打つとたいがい白血球が減少してしまうのですから、それが避けられるのなら免疫力アップも期待できるのではないでしょうか。

娘が丸山ワクチンを取りにいってくれた翌々日の八月三十一日、丸山ワクチンA液十本とB液十本が入った箱を持って、母と病院へ行きました。免疫療法のクリニックで「丸山ワクチンは薄すぎて水と同じ」と言われたこともあり半信半疑ではありましたが、試してみなければわかりません。

丸山ワクチンのA液は濃い液、B液は薄い液で、週に三回、交互に打つのが一般的であり、効果があるとされています。

それにしても、延々と週三回、いくら近所の病院とはいえ、通院して注射を打ち続けることは容易ではありません。母の腰痛もかなりひどかったので、あまり待たされたくなかったこともあり、書類を書いてもらうため来院した際、受付けの方に何時頃が待ち時間が少ないか尋ねました。すると、朝早くが比較的空いていると言われたので、病院が開くと同時に朝一番で行きましたが、それでも三十分近く待ちました。

待合室では「世界の車窓から」のＤＶＤが流れていて、それを見ていれば待ち時間もそれほど退屈しないでいられるかしらと思いました。母は海外旅行が大好きなので、そういう類いの番組も好きなのです。

「もう海外旅行には行けないから、代わりにこれでも見て楽しむしかしょうがないわね」

なんて母が言っているのを聞いたら、もっともっといろんな国に連れていってあげていたらよかったと、残念でなりませんでした。

待合室で隣に座っていた人が感じよく話しかけてくださったり、愉快なおじいさんがみんなに飴を配って歩いていたりして、とてもいい雰囲気でした。

やっと母が呼ばれ診察室に入っていったと思ったら、あっという間に出てきました。診察するわけでもなく、皮下注射を一本打つだけですから、三分もかかっていないかもしれません。

「痛かった？」

「ちょっとチクリとはするけど、抗がん剤の点滴に比べたらどうってことないわ」

そう母が言ってくれたので、安心しました。

また、先生がとても優しく接してくださるので、母も癒されるようでした。病人にとっては、医者の対応も大切なことではないかと思います。


丸山ワクチンを始めてから一週間が過ぎた頃、母は目に見えて顔色がよくなり、食欲が出てきました。いつも、何も食べたくないと言っていた母が、「おいしいお寿司が食べたい」と、病気になってから初めて何かを食べたいと口にしてくれたので私は嬉しくなり、お寿司をデリバリーしたり、時には自然食のレストランに食事に行ったりしました。

母が食べ物を「おいしい！」と久し振りに言ってくれたことは、回復への第一歩だったと思います。

丸山ワクチン効果かどうかは明確には分かりませんが、母には実感があったようです。

「これはきっと、丸山ワクチン効果に違いないわ。自分では何が効いているか、何となく分かるのよ」

「きっと、そうだよ。丸山ワクチン始めてみてよかったね」

そうとでも思わないと、週三日も病院通いしてまで続けられないと思ったのも事実ですが、実際に、母の体には丸山ワクチンが合っていたのかもしれません。

そして、疑ってかかるより、何でも効いていると思って受け入れるほうが、プラシーボ効果もプラスして、より効果を発揮してくれるように思います。

14．枇杷の葉鍼灸院と枇杷の葉コンニャク

丸山ワクチンとほぼ同時期に始めたのが、鍼灸院《しんきゅういん》で取り入れられている枇杷《びわ》の葉療法

でした。枇杷の葉のお灸や鍼治療《はり》は、身体の免疫力アップにもなり、がん治療にも有効のようです。そして腰痛にもよさそうなので、母が少しでも楽になればと思い連れていきました。八月末辺りから三ヶ月くらいは、四、五日に一回くらいのペースで治療に通っていました。

私が母の通院治療などでもっとも時間を割いていたのがその時期ですが、幸いなことに、平成二十三年は、比較的仕事も忙しくなかったので、運がよかったと思います。

鍼灸院の治療はとても丁寧で、お灸や鍼、足揉みや腰のマッサージなどをしてもらいました。

母にとってはどれも初体験でしたが、身体が温まって気持ちよかったようです。その頃、一番の苦痛だった腰痛も少しは緩和されてきて、毎日の生活の質がこれ以上落ちないようにするためには、とても大切な治療だったと思います。

家でできる治療として、鍼灸院の院長先生から、枇杷の葉コンニャクの治療法を教えてもらいました。枇杷の葉コンニャクとは、枇杷の葉のツルツルした面を患部にあて、その上から茹でた熱いコンニャクをあてるという温熱療法です。以前、肝臓がんを患っていた患者さんが、毎日枇杷の葉コンニャクをして肝臓を温めたら、その後十年くらい元気に過ごせたとのことでした。

がんは熱に弱いと言われているので、徹底的に熱責めにしたら、がんをやっつけられるのでは……と考えました。

枇杷の葉コンニャクの話を聞いたその日、早速大きなコンニャクを買いました。枇杷の葉は、鳥がどこからか種を運んできて、いつしか大きな木に育っていたので、実家の庭でいくらでも取ることができました。それはまるで、この木で病気を治しなさいと言われているようでした。

茹でたてのコンニャクは熱いので、タオルに包んで枇杷の葉の上から患部にあて、徐々に冷めてきたら直接あてます。私は、毎日一回欠かさずやるように言い、母も乳がんのしこりを小さくしたい一心で、毎日実行してくれました。すると、岩のようにごつごつと硬かったしこりが徐々に柔らかく丸くなっていき、乳房の中に丸い茹で卵がプカプカ入っているような感じに見えました。

枇杷の葉には、痛みをとるなど、不思議な力があるように思います。

鍼灸院に、がん治療で訪れる患者さんも増えてきているようです。

15．ウィークリー抗がん剤投与から隔週へ

九月八日、パクリタキセルの四回目の投与をしました。

この時、ほとんどの髪の毛は抜け落ちてしまっていたので、家ではスカーフを頭に巻いていましたが、カツラを被っていない時は十歳くらい老け込んでしまったように見えました。カツラを早目に買っておいてよかったと、つくづく思いました。

次の週の九月十五日、パクリタキセル五回目、ゾメタ二回目の投与でした。

そしてこの日、八月二十四日に撮ったＣＴと骨シンチの検査結果がやっと乳腺クリニックに届き、説明を聞くことができました。

ＣＴのほうは肺にポツポツと影が映っていて、骨シンチのほうは、肋骨と背骨の一部が黒く、骨盤が全体的に薄黒くなっていました。転移している可能性は十分あるものの、私はもっと全身にがんが広がっているという最悪の事態を想定していたので、決していい結

果ではありませんが、少し安心したのを覚えています。
しこりのほうも目に見えて縮小していたこともあり、たとえ転移していたとしても、諦めず希望を持って頑張ろうと、改めて決心しました。

二週間連続で抗がん剤を投与し、さらに翌週も投与する予定になっていました。しかし、投与予定の週末は母に用事があったので、休薬したいと主治医にお願いしました。その時はあっさりとＯＫが出て、このことがきっかけで、抗がん剤投与は隔週に変更になりました。したがって、パクリタキセル六回目の投与は、九月二十九日に行われました。

これまで、週三回の丸山ワクチンの注射には、私が運転する車で行っていましたが、母から自分で歩いて行けると言われました。病院までは母の足で十五分くらいはかかり、坂道もあるので心配でしたが、腰痛も緩和されてきたようだったので、そうしてもらいました。

抗がん剤が隔週になったことで身体の負担もいくらか軽くなり、母が少しずつ元気になってきた頃でした。そのため、私の負担もずいぶん軽くなり、時間にも余裕が出てきました。

16. 温熱マット

抗がん剤治療を始めて二ヶ月経った十月十日、しこりは柔らかく、大きさも三センチ近くまで縮小していましたが、そこからなかなか小さくなりませんでした。

「やっぱりしこりが消えるのは無理なのかな？」

母も私も順調に治療が進んでいたにもかかわらず、焦りも感じていました。そんな時、私の学生時代からの友人が、知り合いの温熱マットのサロンを教えてくれました。

オーナーのHさんは、何年か前に奥様を膵臓がんで亡くされて、営まれていた工場を畳んでその場所をサロンに変え、熱心にがんや病気予防の勉強をされている方です。

家からも車で三十分ほどで行ける場所なので、母を車に乗せサロンに行きました。私はそこにときどき母を連れていき、岩盤浴をさせてもらって、カフェにもなっている癒しの場所でくつろげたら……と思っていました。

ところがHさんは、温熱マットを貸すから家で毎日岩盤浴をしなさいと言って、車の中

まで運んでくれました。

温熱マットの説明書を読むと、こんなことがわかりました。

・温熱マットの中には遠赤外線が出る天然紫水晶と、マイナスイオンが出ると言われるトルマリンが入っていて、いろいろな効能がある。

・遠赤外線は体の中の深い所まで浸透し、強力な摩擦熱を起こし、細胞を活発に動かす働きがある。

・血液の循環をよくし、酸素を運搬しやすい、健康で理想的な血液に変える働きもある。

・免疫機能を強化する熱ショックタンパク質（HSP／Heat Shock Protein）は、細胞が熱から自らを守るために分泌するタンパク質であり、自然治癒力に驚くほどの働きをする。

・マイナスイオンは身体の代謝に非常に重要な役割を果たし、神経安定と疲労回復にも効能がある。

・体温が一度上がれば酵素活動が四十パーセントも増加し、逆に体温が下がれば五十パーセント以上下がるので、免疫力をアップさせるためにも、体温低下は絶対に避けなければならない。

そういえば、母は乳がんになる何年か前から冬になると霜焼けがひどく、手の指がまっ赤に膨れていました。そして乳がんになる前の年、原因は不明ですが足の裏が赤く腫れていて、歩くと痛い痛いとたびたび訴えていました。私が何度病院に行こうと言っても、病院嫌いな母は行かずじまいでした。

霜焼けはもちろん、足の裏が腫れたのも、血液の循環の悪さが原因だったのかもしれません。

多分、乳がんが発覚する何年か前から、その前兆や信号は体から発していたにもかかわらず、母も私も全く見逃していたのだと思います。

素晴らしい効果がありそうな温熱マットですが、初めはやはり半信半疑でした。

しかし、せっかくお借りしてきたのですから、その日から朝晩一時間ずつ、温熱マットで岩盤浴を始めたのです。

使い方は簡単で温熱マットの上で寝るだけでいいのですが、母は乳がんのしこりの部分がマットにあたるように、うつ伏せになって温めていました。

すると不思議なことに、しこり以外の場所はマットの熱（約六十五度）にあたっても温かいと感じる程度だったのが、乳がんのしこりの部分だけはチクチクと焼けるように、温かいというより熱く感じるというのです。私は、全くの素人考えですが、冗談半分で言いました。

「それは、熱でがんを焼き殺してるんじゃないの?」

すると母も、「何だかそんな気がするわ」と同意するので、私はプラスのイメージを持って治療をすることも非常に大事なのではないかと思い、「きっと、すごいマットに違いないよ」と言って、母に頑張るように言いました。

母は体勢が大変だと言っていましたが、しこりが小さくなるまで、しばらくその体勢で岩盤浴を続けていました。

オーナーのHさんはとても親切な方で、今でもときどき出かけてアドバイスをいただいています。

その頃、枇杷の葉、温熱マット、そして普段のお風呂でも徹底的に体を温め、体温を上げることに夢中になってがん治療に取り組んでいました。

17. 抗がん剤治療の合間に行った温泉旅行

さまざまな治療を試す間にも、抗がん剤治療は続いています。十月十三日には七回目のパクリタキセル、三回目のゾメタの投与、十月二十七日には八回目のパクリタキセルの投与が行われました。

この頃、赤紫色に変色していた乳房の色も消え、ちょっと見ただけではしこりは分かりませんでした。しかし触ってみると、乳房の中に、相変わらず茹で卵が入っているような感じで、しこりの存在はまだ確実に残っていました。

エコーで検査すると、三センチまで縮小していましたが、抗がん剤を打ち始めた頃のように思うようには小さくならないので、

「しこりってなかなか消えないのねぇ」

と母も残念そうに言うこともありましたが、

「それでも最初に比べたら全然違うし、少しずつでも小さくなっているんだから大丈夫だ

よ」

と言って励ましました。

乳がんが発覚してから三ヶ月近く経ち、この頃まで生きていられるかも分からなかったことを思えば、かなり希望を持てる状態にまで回復してきていたと思います。

しかし、この先どうなっていくのか不安もまだまだあり、少しでも元気なうちに温泉旅行にでもと思い、伊豆長岡の弘法の湯に行きました。ここは、湯治で有名な秋田県の玉川温泉と同じくらい効果があると謳っていて、台湾の北投温泉と玉川温泉のみで採石される、北投石を使った岩盤浴もできる温泉です。北投石はラジウムを放射することで、がんにも効果があるとされているので、母の乳がんにも効果を発揮してくれるのではと思いました。

また、家からも車で二時間半ほどで行けるので、体力的にもそれほど消耗することもなく、食事もおいしくいただけて、一泊二日の楽しい時間を過ごすことができました。

これも抗がん剤が隔週の投与になったため体の負担も少しは軽くなり、休薬週に外出することが可能になったのだと思います。

このあと、抗がん剤の投与の間隔をさらに空けることを試みましたが、実現するのに数ヶ月も費やしてしまいました。

18. できなかった抗がん剤日程の変更

十一月十日、九回目のパクリタキセル、四回目のゾメタ投与の日がやってきました。ゾメタや枇杷の葉鍼灸院での治療の効果などで腰痛が緩和され、抗がん剤も椅子に座って受けられるようになりました。

それまで抗がん剤を打つ時、特別に別室を取り、一人ベッドで横になって投与してもらっていましたが、この日から他の患者さんと同じ部屋で抗がん剤を受けるようになりました。

他の患者さん達ともコミュニケーションが取れて結構楽しかったらしく、座って受けるのも悪くないと言っていました。他の患者さん達は、四十代くらいの若い方が多く、また人それぞれ乳がんのタイプが違うため、薬の種類も治療法も違うことに驚いていました。

この日、二週間後の抗がん剤投与の日程を一週間延ばしてほしいと、診察の時母が主治医にお願いしました。理由は、投与の二日後、母が講師をしている絵の教室の関係で、ど

うしても電車で都内まで出かけなければならず、具合が悪くなっては困ると思ったのです。主治医の答えはノーでした。決まった日程で打たないと意味がないと言われたのです。母は、「どうしても駄目って言うから仕方ないわね」と、しょんぼりしていました。私は電話をして再度交渉しましたが、すぐに却下されてしまいました。

「では、せめて半週延ばして、出かけたあとにしていただけませんか」

と食い下がりましたが、今度は強い口調で言われました。

「絶対駄目です！　そんなことをしたら、せっかく順調に小さくなってきているしこりが、また大きくなってきて命にかかわります！」

さすがにそれ以上逆らえず、仕方なく予定どおり十回目の抗がん剤を打つことになりました。

私は抗がん剤の間隔を、二週間に一回から三週間に一回に変更して欲しかったのですが、主治医の反応からしてこれでは無理そうだと思い、もっと融通のきく病院に変更できないだろうかと真剣に考えたこともありました。

そして今思うと、この時点で抗がん剤の間隔を三週間に一度にしても問題なく、身体への負担も軽くなるのでむしろよかったのでは、と思えてなりません。

十一月二十四日、日程を変更してもらえず、しぶしぶ受けた十回目のパクリタキセルの投与でしたが、心配したとおり翌々日の外出後、母は副作用に苦しみ、なんとか用事をすませて最寄り駅まで帰ってくると、迎えの車の中でぐったりしてしまいました。

定期的に抗がん剤を打つことも大切なのかもしれませんが、場合によっては延期することも体力を奪われずに生活するためには必要なのではないかと、つくづく感じました。

「今日も抗がん剤打ちたくないなぁ。点滴の針もなかなか刺さらなくて痛くて嫌なの」

十二月八日、十一回目のパクリタキセル、五回目のゾメタ投与の日です。

母はこの頃からますます抗がん剤が苦痛になっていて、愚痴をこぼしていました。手足の痺れや、爪が黒く変色し浮いたようになるなどの副作用もあり、生活面でも多少支障が出てくるようになってきました。そんな母に私は、

「でも、もっと酷い副作用に苦しんでいる人もいるし、抗がん剤が全く効かなくて悩んでる人もたくさんいるんだから、お母さんはまだラッキーなほうなんだよ」

と慰めつつも、嫌がる母を病院に連れていくのは、かわいそうで辛かったです。

19. 日本医科大学附属病院で面談と相談

そんな母の状況もあり、主治医と話し合いをしたいと思い、十二月十八日に面談の予約を入れました。それで主治医と話し合いを持つ前に確認しておきたいことがあり、十二月十三日、急に思い立って、丸山ワクチンを取りにいった日本医科大学附属病院まで面談をしに行ってきました。

丸山ワクチンの効果が母には出ていると思われたので、抗がん剤をやめて丸山ワクチンだけで治療してみるのはどうかと考えたからです。母は週に三回の注射は大変でも、それほど苦にしておらず、副作用も全くなかったので、これなら続けられると確信していました。

混雑を覚悟して午前中に行ったのですが、三十分も待たないで私の順番が回ってきました。

本来なら面談の時、病院からの資料が必要なのかもしれませんが、母の場合、丸山ワクチンを打っていることを主治医には言っていないので詳しい資料をもらえず、血液検査の結果だけを持っていきました。

私が初めに、母の状態とこれまでの経緯を簡単にお話しして、丸山ワクチンの効果が出ているように思うと言うと、面談の先生は満面の笑みを湛えて、丸山ワクチンがいかに素晴らしい薬であるかを上気嫌で話し始めました。

「私の患者さんにも、かなり弱っていて食事もできない方がいたんですがね、丸山ワクチンのA液（濃い液）を毎日打ち続けたら少しずつ回復してきて、症状が改善されたんですよ」

食欲が回復したのは母にも同じことが言えたので、大きくうなずきながら同意しました。そして、この面談で一番聞いてみたかったことを言いました。

「抗がん剤を思いきってやめて、丸山ワクチンだけで治療を続けていきたいと思っているのですが、どうでしょうか？」

「さぁ、それはちょっとねぇ。抗がん剤をやめるのはどうかなぁ……。今、A液（濃い液）とB液（薄い液）を交互に打っているのを、全てA液だけに変えたら抗がん剤の副作用ももっと軽くなるかもしれませんから。それで様子を見て、抗がん剤をもう少し頑張ってみてください」

抗がん剤の副作用を和らげるだけでも十分打つ価値はありますが、もう少し違う言葉も期待していたので、「やはりここでも同じかぁ～」と少々落胆してしまいました。

先生は最後に、

「それでは丸山ワクチンを打ってくださっている先生に、今後はA液だけに変更するようにお手紙を書いてきますから、ちょっと待っていてくださいね」

と言って席を立たれ、隣室へ行ってしまわれました。

帰りに受付けでA液が二十本入った丸山ワクチンを買い、面談した先生が書かれた手紙を持って家に帰りました。

何だかすっきりしない帰り道で、何のためにわざわざ行ったのだろうと思わなくもありませんでしたが、薬の型をAAに変更するいいきっかけになったと自分を納得させました。A液もB液も、薬の金額は同じですし、「丸山ワクチンは液が薄すぎて水と同じ」と免疫クリニックの先生にも言われていたので、少しでも濃い液に変えられたことは、それなりの意味があったに違いないと、無理やり自分がした行動に意味づけをした一日でした。

そして、日本医科大附属病院に面談に行った五日後の十二月十八日、今後の治療について主治医と私と母で話し合いが持たれました。その時も再び、抗がん剤の間隔をもう一週間空けてもらうか、抗がん剤の量を減らして欲しいとお願いしました。

最初は手術に前向きだった母も、しこりが小さくなってきた今、手術をせずにがんと共存しながら余生を送れないかと考えていました。

私はインターネットなどで、抗がん剤を少量打つことによりがんの進行を止める休眠療法があることを知り、休眠療法を行っている病院を探したりもしていました。

しかし、そんな病院は全国でもほとんどなく、たとえあったとしても受け入れてくれるかどうか非常に疑問であり、そもそも病院を変えること自体が困難です。

主治医は、手術をしないのも絶対駄目、抗がん剤もパクリタキセルを隔週で打つと、今までの方針を変えず、話し合いをしてもこちらの意見や要望はとおりませんでした。

主治医は、こうも言っていました。

「この隔週で打つやり方が、他の患者さんでも非常に効果が出てるんですよ」

そう言われても私は、抗がん剤が母の体力を奪い、衰弱させているようで心配だったのです。

血液検査でも、肝臓の数値が非常に悪く、γ―ＧＴＰの数値は基準値の十倍を超えていたのにそのための薬が出ることもなく、抗がん剤を打っていればこのくらいはたいしたことはない、と言う主治医の言葉を信じていいのかも分かりませんでした。

しかし、五日前に丸山ワクチンの面談の先生にも、もう少し抗がん剤を頑張って続けてくださいと言われたことが心に残っていて、その言葉が主治医に強く変更を願い出ることをためらわせたのも事実です。

そして、常に一番気にしていたしこりの大きさはピンポン玉くらいで、ちょっと触ったくらいでは、消えたのでは？　と錯覚を起こすほど小さくなっていました。

20. 隔週で続く抗がん剤と手術への迷い

十二月二十二日、十二回目のパクリタキセルの投与です。この年最後の抗がん剤投与日でした。

本当によくここまで頑張ったと思います。新年を迎えられることがこれほど素晴らしく、年賀状を出せることがこんなにすごいことだと思った年は初めてでした。

母が病気になって、今まで当たり前だったことが当たり前ではないことにようやく気付き、何気ない日々がどんなに素晴らしいかを実感する毎日でした。

平成二十四年一月五日、年が明けて初めての抗がん剤投与の日、十三回目のパクリタキセル、六回目のゾメタを投与するため病院に行きました。

投与後、主治医から、近いうちにCTと骨シンチの検査を受けるように言われ、前回とは違う病院に予約を入れることになりました。

同じ日、丸山ワクチンも一週間ぶりに打ちに行きました。丸山ワクチンの投与が一週間も空いたことで、母は少し不安だったようです。それほど丸山ワクチンを信頼し、また一日置きに打つ注射がすっかり日常生活の一部になっていたということです。

CTと骨シンチの検査は二度としたくないと言っていた母ですが、一月十八日、母を検査に連れていきました。今回の病院は設備も整っていて、増影剤の注射の針もすんなり刺さったようで、痛みもなかったとのことでした。

骨シンチ検査も、八月の時は腰痛が酷かったせいもあり、終わったあと動けなくなっていましたが、今回は元気に帰ってきました。

母の体調が半年前に比べよくなっていたこともありますが、病院の設備や注射をする人によって、検査に伴う負担がこれほど違うものかと思わずにはいられませんでした。

翌十九日、パクリタキセル十四回目の投与だったので、CTと骨シンチの検査結果を持って主治医の元へ行きました。

検査の結果、骨シンチは前回とほぼ同じ結果で、よくも悪くもなっていませんでした。CTは、前回あった肺の影が消えていて、ほっとしました。肺にあった影ががんの転移だったのかどうかは明確には分かりませんが、主治医はこう言いました。

「前回のCTではっきり映っていた影が、今回抗がん剤で消えたってことは、やっぱり肺の影はがんだったと思いますよ」

とにかく全体として、少なくとも八月の検査の時よりは悪くなっていなかったので、よかったと思いました。

乳がんのしこりにおいては、CTではまるで手術で取ったのかと思えるほど消えていました。エコーで見ると、一・五センチから二センチの間くらいにまで小さくなっていて、完全とは言わずとも、主治医が触診しても分からないくらい小さくなっていたのです。

この頃、一番悩んでいたのが、この先まだまだ抗がん剤を続けていくのか、それとも手術をしてしこりを完全に取ってしまうのか、ということでした。

主治医に、「手術をしたら抗がん剤はもう必要ないですか？」と聞いても、「それは、手術してみないと分からない」との答えでした。

もし、手術をすれば全ての治療が終わるときっぱり言われていたら、手術に踏みきれたかもしれませんが、抗がん剤をなくすのは手術結果によるという答えでは、余計に手術には積極的になれませんでした。

しこりが大きかった時は、早く取ってしまいたいと思っていた母でしたが、しこりが小さくなってからは、「手術はしたくない」の一点張りでした。

そもそも当初の手術目的は、しこりが巨大化して飛び出すのを防ぐためであって、乳がんの根治を目的としたものではありませんでした。すでにステージ４ａにもなっていたのですから、今、手術をしたからといって完治するわけではないと思いました。

それどころか、手術によって高齢な母の免疫力を低下させ、身体に大きな負担をかけてしまうのでは、と考えたのです。また、万が一、手術で麻酔をかけたせいで認知症にでもなったら……。心配は尽きませんでした。

そして、何よりも母が手術はしたくないと強く望んでいることが、私を迷わせていました。

手術はしない。かといってエンドレスに抗がん剤を続けることにも非常に抵抗があり、私は電話相談で意見を聞いたり、乳がん最新治療のセミナーに参加したり、ドイツの医学博士、マックス・ゲルソンが開発した食事療法、ゲルソン療法の講習会に参加して個別相談をしたりしました。

しかし、答えはみんなバラバラで、手術を推奨する人の理由は、開けてみないとがんがどうなっているかわからないから、というものでした。

一月十五日に横浜で行われた乳がんセミナーの先生は、

「乳がんは抗がん剤治療が非常に効果的で、近い将来、手術をしなくてもいい時代がきっと来る。そうしたら、僕ら外科医は仕事がなくなって失業するかもしれません」

などと、冗談混じりにお話をされていました。

ゲルソン療法の先生は、手術は免疫力を下げるから反対とのことでしたが、私が、「先生がもしがんになったら、手術はしないでゲルソン療法だけで治しますか？」と質問すると、「それはなってみないと分からない」と言って笑っていました。

私は、「そんなものか……」と思いましたが、たしかに状態によっていろいろ変わるでしょうから、きっとこの先生はとても正直な方なのだろうと思いました。

もう本当にどうしたらいいのか、相談すればするほど分からなくなっていたのです。

21. 酵素風呂

さんざん、いろんなことをやり尽くした結果、徐々に効果が出てきてはいましたが、私はそれでも飽き足らず、他にまだできることはないかと考えていました。

手術も抗がん剤もしなくていい方法が何かないものか、探していたのかもしれません。

そんな時、「末期の乳がんで、余命一ヶ月と言われたけれど、毎日酵素風呂に入っていたらけっこう元気です」というネット上の書き込みを見つけ、私は近所に酵素風呂がないか検索しました。

そうしたら、車で十五分くらいの所にあったので、早速、母を連れていくことにしました。娘も大学が冬休みで帰省していたので一緒に行きました。

酵素風呂は、アレルギーや冷え性、皮膚疾患、美容にもいいらしく、娘は一度で気に入ってしまいました。私はこの時体験しなかったのですがその後体験し、今でもときどき娘と行きますが、体が芯から温まり、入ったその日は夜もぐっすり眠れるような気がします。

約七十度の糠の中に十五分間体を埋めていると、大量の汗が吹き出してくるのを感じます。かなりのデトックスになるのではと思い、それまで母の体に溜まった抗がん剤の毒素も抜けるのではないかと期待しました。七十度といっても体感ではそれほど熱くはありませんが、乳がんのしこりにはかなりの効果があるように感じました。これで乳がんが跡形もなく消えてしまえばいいのにと願いながら、十数回も通いました。

スタッフの方もとても親切ないい方で、母の乳がんのしこりの上から糠を山盛りかけてくれたそうです。

ただ、枇杷の葉療法と違って体力を使うのが難点で、体力のない母は入ったあとかなりの疲労感があるようでした。

それでも割安になる回数券を買い、枇杷の葉鍼灸院と一週間おきに交互に連れていくのを、半年以上続けました。

しかし、行くたびに疲れる疲れるとあまりにも言うので、無理をさせてもよくないと思い、回数券を何枚も残して途中で行くのをやめてしまいましたが、それなりの効果はあったのでは、と思っています。残りの回数券は、その後娘が全て使ってしまいました。

22．セカンドオピニオン

二月二日、十五回目のパクリタキセルと、七回目のゾメタの投与に行きました。隔週で抗がん剤を打ち始めてから半年近くにもなり、普通なら薬の耐性が出てきてもおかしくない時期でした。

この日、主治医から、五月の連休明けに手術を考えてくださいと言われました。手術はしたくないと言うと、セカンドオピニオンを受けることを勧められました。手術を渋る私達も、第三者から説得されれば決意するだろうと思ったのかもしれません。私と母は、他の病院でも同じことを言われたら、その時また考えればいいと思いました。

二月十六日。十六回目のパクリタキセルを投与しに行ったこの日、二月二十日に予約をしていた県立がんセンターのセカンドオピニオンに行くために、乳腺クリニックの紹介状をもらってきました。

セカンドオピニオンの病院をいろいろ考えた結果、県立がんセンターにしたのは、金額も一番安く、資料も乳腺クリニックからがんセンターに送ってくれるので手間がかからない、面談時間も無制限という、単純な理由でした。

もしそこでも、手術をするしかない、または、手術がベストだと言われたら、母も諦め、手術に踏み切る決心がつくだろう。そして私も、そうなった時は母を説得するつもりで、手術は免れないことも覚悟してセカンドオピニオンに臨んだのです。


二月二十日、県立がんセンターに母と二人でセカンドオピニオンに行ってきました。名前を呼ばれ診察室に入ると、乳腺クリニックから送られたたくさんの画像が壁一面に貼られていました。

「先生、手術はやはりするべきでしょうか?」

開口一番、私と母は九割方手術を覚悟してそう聞きました。

すると先生は、とてもにこやかに、「手術をしたいんですか?」と尋ねられました。

「いいえ、できることなら手術はしたくないんです」

「僕も手術はしなくていいと思いますよ。少なくとも、今はする時期ではないでしょう」

私も母も意外な言葉にびっくりしたと同時に、ほっと胸を撫で下ろし、やや興奮気味に先生に言いました。

「先生、本当ですか！　私達、主治医に強く手術を勧められていたので、ずっと迷っていました。だから、その言葉を言ってくれる先生を本当に待っていたんです！」

私達の迷いをここまできっぱりと断ち切り、自信満々に答えてくださる先生に出会えたことが、嬉しくてたまりませんでした。それでもまだ私達は念を押すように、

「もし、先生が母の主治医だとしても手術はしないのですね」

と言うと、先生はまたもやきっぱりと答えてくれました。

「はい、僕なら手術はしません。しばらくエコーなどで注意深く様子を見て、万が一乳がんのしこりが少しでも大きくなることがあったら、その時手術を考えればいいと思います。今する手術は、本当にがんがまだあるかどうかを確認するための検査と同じですから、僕は検査のための手術は勧めません」

私も母も、手術はしたくないとはいえ、せっかく縮小したしこりがいつ再び大きくなりやしないかと恐れ、それなら手術で切り取ったほうがいいのだろうかと迷っていたのです。

しかし、その日のセカンドオピニオンで、私と母の迷いは百パーセントなくなり、何ヶ月間もモヤモヤしていた霧がいっぺんに晴れたような気持ちになりました。

それから、抗がん剤についても、いつまでどのくらいの間隔で打てばいいのか質問しま

した。

「もう、半年以上も続けているのですから、思いきってやめてみるのもいいと思いますよ。でも、もし心配だったら間隔を空けて、一ヶ月に一回のペースでもう少し続けて、様子を見てはどうですか?」

そして、昨年八月に撮ったCTと一月に撮ったCTを見比べて、

「まるで手術をして取ったあとのように、しこりがすっかり消えてますねぇ」

と少し感心したように言われました。

「しかし、エコーで見ると二センチ弱の大きさですが、わずかにしこりが見えるようなんですが……」

「それだって本当にがんなのかどうかは分かりませんよ。たとえがんだとしても、もう抜け殻になっているかもしれません」

そして、がんは百人百様で、いまだによく分からない病気なのだと言っていました。

「治ると思った人がどんどん悪くなって亡くなることもあれば、もう駄目かと思った人がすっかり治ってしまったり、手術をしたほうがいいと思って手術をしたらさらに悪くなったりと、本当に判断が難しいのです」

もう、その時点で面談時間は一時間を超え、他の病院だったらどれだけお金がかかるか

気になるところでしたが、この病院は時間によって金額が変わることもなく、事前に調べていたとおり、患者が納得するまで無制限に意見を交わしてくれました。

先生は、終始笑顔を絶やさず、急かす様子もなく、私達のくどくどした質問にも一つひとつ丁寧に答えてくれ、じっくりお話をしたあとにも「もう、大丈夫ですか？　聞き逃したことはないですか？」と、最後の最後まで私達の気持ちを汲んでくれる先生でした。

私と母は深々と頭を下げてお礼を言い、とても清々しい気持ちで県立がんセンターをあとにしました。

今でも、その日のことははっきりと覚えていて、この先生にお会いできたことに運命的なものさえ感じました。何せ、自分の都合でたまたま月曜日を選んだだけで、先生のことも知らずに行ったのです。もし同じ病院でも別の曜日に行っていたら他の担当の先生で、違う意見だったのかもしれません。先生との出会いは、その後の治療を大きく左右したので、今でも感謝してもしきれないくらいです。

偶然でも必然でも、人との出逢いが人生のターニングポイントになることを、改めて感じました。

23. セカンドオピニオン後の主治医との話し合い

三月一日、十七回目のパクリタキセルと八回目のゾメタの投与です。

この日、セカンドオピニオンの報告書が主治医の元に届いていました。抗がん剤のあとの診察で、主治医は県立がんセンターの先生が書いた報告書を見ながら、

「これはちょっと違うと思うなぁ、僕は。やっぱり手術はしなくちゃ駄目だよ」

と言い、何のためのセカンドオピニオンだったのかと、母はちょっとがっかりしたそうです。それでも母は、遠慮がちにこう伝えたようです。

「私、手術はどうしてもしたくないんです。それにできたら抗がん剤も……」

すると主治医は半分冗談のように言ったといいます。

「それなら、がんセンターの先生に見てもらうしかないかなぁ」

この言葉を聞いて何も言えず黙ってしまった母を見て、主治医も、「でも、がんセンターは通院するにはちょっと遠いしなぁ……」と困った顔をされていたそうです。

主治医とがんセンターの先生との意見がここまで異なり、真っ向から対立したことは、私達以上に主治医のほうが想定外だったに違いありません。

しかし、私が言うのも生意気ですが、セカンドオピニオンの結果を聞くことで、医者も幅広い治療法にどんどん目を向けていって欲しいのです。

また、同じ検査結果や病状であっても医師によって推奨する治療方法が異なると、患者が混乱する種にもなり得ます。最終的には患者本人が納得のいく治療方法を選ぶことが大切なのでは、と思います。

県立がんセンターがもう少し家から近かったら転院していたかもしれませんが、家から車で一時間以上かかるので、そこまで通うことを考えると躊躇してしまいました。

それに、せっかく乳腺クリニックでここまで快方に向かわせてもらったのに、今さら病院を変えることにも非常に低抗がありました。

私と母の理想としては、今のクニリックでがんセンターの先生が言われた治療をしてもらうことが一番よかったのですが、さすがにそうは上手くいくはずがありませんでした。

二人とも、いったいどうすればいいか悩みは尽きず、治療方針は暗礁に乗り上げてしまい、うやむやなまま今までどおりのスパンで、抗がん剤を投与しなければなりませんでした。

三月十五日、十八回目のパクリタキセル投与をするためクリニックに行きました。エコーの検査もありましたが、変化なしでした。

がんセンターの先生が、エコーで映っているしこりも、がんなのか抜け殻なのかよく分からないと言っていたのを思い出し、これだけ医学が進歩していても、まだまだ分からないことが多いのだから、専門家の方に研究を進めてもらう必要性があると感じました。

三月二十九日、十九回目のパクリタキセル、九回目のゾメタ投与です。

治療方針について、母と主治医との話では埒が明かず、このままずるずるとやり過ごすわけにはいかないので、私と母と主治医の三人での話し合いが持たれることになりました。

話し合いは、四月五日に行われ、最初に手術の話になりました。主治医はどうしても手術をしたい様子で言いました。

「五月の連休明けぐらいに手術を考えましょうよ」

「でも先生、こんなに本人が手術を嫌がっているのに、無理やり手術をするのもどうなんでしょうか？　それに手術をしなくてもいいと言ったがんセンターの先生は、そんなに信頼できない先生ではないですよね。それに先生（主治医）だって、ネットの中で、乳がんは近い将来手術をしなくてすむって言ってるじゃないですか。私読みましたよ」

私が穏やかにそう言うと、主治医は、「それは理想だよ」と苦笑いしました。

この先生、何だかんだ言ってもどこか憎めないところがあるんです。

「それなら手術はやめて、もう一度針を刺して細胞を取って検査をしてみるのはどうですか？　それならがんの状態も分かるし」

「いや、先生、今、母のがんはおとなしくしていて、何の悪さもしていないんです。そんな時に針なんか刺して刺激したら、寝た子を起こすようなものじゃないですか。がんが暴れ出したらどうするんですか？」

「それはないと思うよ」

主治医は笑いながら言っていましたが、内心は、言うことを聞かない患者だと思っていたかもしれません。

「だって昨年の八月に最初の検査をしたあと、おっぱいがまっ赤に腫れあがって熱を持ってしまって、恐ろしかったんですよ。もうあんな思いは二度としたくないんで、細胞を取るなんて本当にやめてください」

「まるでマンゴーみたいだったもんねぇ。それにしてもあんなに大きかったしこりが、よくここまで小さくなったよねぇ。こんなケースはなかなか稀なんですよ。だから僕はベリィベリィインタレスティングなんです」

と笑顔で言われました。

あの時、腫れあがっていた乳房をなぜ写真に撮っておかなかったかと、私達も主治医も非常に後悔していて、たびたび「あとの祭りだね」と言っています。しかし、あの時は気が動転していて、そんなことに気が回りませんでした。

しばらくして主治医は、「そんなに言うんなら、まぁ手術はしなくてもいいでしょう」と、ようやく諦めたように言われました。

「でも先生、もし万が一、少しでも今より大きくなってきた時は手術をしていただけますか?」

と聞きました。ここまで手術を拒んでいて虫のいい話ですが、もししこりが大きくなった時に手術をしてもらえないのも困ると思ったのです。

「僕はしこりが小さくなってきている時には手術はするけど、大きくなってきている時は絶対に手術はしたくないんです。そんなことをしたら負け戦になりますからね。あの昨年の八月のマンゴーみたいに腫れあがっていた時、手術をするのかと思ったらどれだけ怖かったか……。僕は本当に逃げ出したいくらいだった。抗がん剤でしこりが小さくならなかったらどうしようかと思って、夜も眠れなかったんだから。もし、あのまま手術をしていたら、恐らくその後寝たきりになっていたと思うよ」

その言葉を初めて聞いて、あの時そんな素振りを見せなかった主治医はすごいなと尊敬したと同時に、人間らしい本音を聞けてとても親しみを覚えました。

いろいろあっても主治医がこの先生でよかったと、心から思った瞬間でした。

「では、あの時手術をしていたら、もうとっくにあの世行きでしたね」

「僕は正直、秋は越せても冬は無理だろうと思ってましたからね」

「先生、私に緩和ケアを勧めてましたものね」

そうやって笑って言えるのも今だからです。

「ところで今後のことなんですけど、もしもしこりが大きくなってきても、すぐに手術をしないとしたら、今度はまた別の抗がん剤を打つんですか？　がんセンターの先生は、その時は他の抗がん剤を試すよりは手術をしたほうがいいだろうと仰ったんですが……」

「とにかく僕は、負けがわかっている戦はしたくないんだよね」

と、もう一度同じ趣旨のことを言われ、手術の話は打ち切りになってしまいました。

私も、どうなるかわからない先のことを、あれこれ考えすぎても仕方がないと思い、その時はその時になってまた考えればいいと思うことにしました。

それよりも、二度としこりが大きくならないようにするにはどうしたらいいか考えなければならないと思いました。そこで、抗がん剤治療を今後どうするかという話に変わりました。

「できれば抗がん剤は、もうそろそろやめたいと思っているんですが、急にやめるのもちょっと心配なので、がんセンターの先生の提案どおり、四週間に一回にするのはどうなんでしょうか？」

「そんなに間隔を空けたら効果がなくなりますよ。その件に関してはちょっと譲れないなぁ」

「でも、このまま抗がん剤を続けていたら、乳がんは治っても他の病気で弱ってしまうのではないかと心配なんです。肝臓の数値も基準値の十倍近いのがずっと続いているんですが、大丈夫なんでしょうか」

「抗がん剤をしてたら、それくらいの数値はたいしたことないですよ」

主治医は相変わらず、全く気にする様子もありません。

たしかに、がんを治すことを最大の目的としてきましたが、がんを知れば知るほど、乳がんと言えども乳房だけでなく、全身病なのだと思うのです。たとえ、乳がんのしこりがなくなっても、抗がん剤によって他の細胞にダメージを与えてしまうなら、あまり意味がないように思えて仕方がありませんでした。

しかし私は、決して抗がん剤を否定している訳ではありません。母の場合、抗がん剤以外にも効き目があるといわれる、ありとあらゆるものを試し、相乗効果があったのもたしかだと思っていますし、たった一種類の抗がん剤だけでここまでよくなったとも思っていません。

でもやはり、抗がん剤の功績は大きかったと思っています。

母の乳がんが発覚した時、看護師が言ってくれた、「乳がんの治療はとても進んでいますよ」という言葉は本当だったと思っています。

だからこそ、ここで抗がん剤をピタッとやめてしまうことは躊躇され、四週間に一回、パクリタキセルとゾメタの投与をお願いしたいと思ったのです。


そしてそれから一時間以上も、抗がん剤の投与をそれまでどおり二週間に一回にすると言う主治医と、四週に一度と言い張る私とで、話し合いは平行線で決着がつかないまま時間が過ぎていきました。それで、私は仕方なく妥協案を出しました。

「では、せめて間を取って三週間に一度にする、というのではどうでしょうか？」

「う～ん。本当はそうしたくないけど、まぁしょうがないなぁ……」

これで、次回から抗がん剤は三週間に一回ということで、ようやく話がついたのです。

「ところで、四週間に一回打っていたゾメタですが、週をずらして打つのは負担なので、これはパクリタキセルと一緒に三週間に一回にしてもらってもいいでしょうか？」

「まぁ、三週間に一回でも問題ないでしょう。その代わり、ゾメタの副作用でもあるカルシウム不足で顎骨壊死《がっこつえし》にでもなったら大変だから、次回からカルシウムの薬を出しますのでそれを毎日必ず飲むようにしてください」

二時間近くにも及ぶ話し合いは、双方が少しずつ折れるという形でやっと収まりました。

主治医とは、どんなに治療方法が対立しても、終始にこやかに話ができ、お互いに感情的になったり冷静さを欠いて攻撃的になることは一度もなく、気まずい雰囲気にならなかったことは非常にありがたく、よかったことだと思っています。

しかし、その後も抗がん剤の件では悩みや迷いが続くのでした。

24. 抗がん剤のやめ時の難しさ

四月十九日
パクリタキセル　二十回目／ゾメタ　十回目

話し合い後、初めての投与です。隔週で投与していた抗がん剤を三週間に一度の投与に変更することができました。これに伴ってゾメタも三週間に一度に変更になりました。

五月十日
パクリタキセル　二十一回目／ゾメタ　十一回目

抗がん剤投与のスパンが三週間に一回に変更になってから二回目の投与でしたが、私は早くも抗がん剤の間隔をさらに空けたい気持ちが強くなり、抗がん剤のやめ時を考えてい

ました。

六月七日
パクリタキセル　二十二回目／ゾメタ　十二回目
本来なら、この一週間前の五月三十一日が抗がん剤投与の予定日でしたが、体調が悪いことを理由に四週間空けての投与になりました。
あまり体調がよくなかったことは事実ですが、半分は投与拒否のような感じで、これをきっかけに、半ば強引に念願の月一回投与を実行することができました。

七月五日
パクリタキセル　二十三回目／ゾメタ　十三回目
月一回の抗がん剤投与により、多少身体は楽になったものの、肝臓の数値はいっこうによくならず、そのせいなのか暑さのせいなのか、身体の怠さが慢性化しているようでした。
パクリタキセルはアルコールでしか溶けないので、アルコールに反応しやすいγ―GT

Ｐの数値が高くなるようです。母はお酒を一滴も飲めないほどアルコールには弱いので、なおさら反応してしまったのだと思います。

八月二日
パクリタキセル　二十四回目／ゾメタ　十四回目

夏も盛りになると、完全に抜け落ちていた髪の毛がわずかずつですが生えてきました。でも髪質が見事に変わり、変な癖のあるゴワゴワした髪質になってしまったのでまとまらず、まだまだカツラは手離せないようでした。
この頃は、抗がん剤をいつやめるか、ということばかりが頭にあり、私と母の作戦としては、四週に一回の抗がん剤を次回は五週、その次は六週と間隔を空けていき、フェードアウトしたいと考えていました。

九月六日
パクリタキセル　二十五回目／ゾメタ　十五回目

四週目がきた時、作戦どおり理由を付けて病院には行かず、前回から五週間空けての投与になりました。その流れで次回の予定も五週目にしてもらえるかと思ったのですが、四週間後に来るようにとのことでした。しかし、四週間後も五週間後も用事があって絶対無理と、来られない理由を適当に付けて、六週間空けることに成功しました。

この頃、主治医も抗がん剤を続けることを半分諦めていたのか、仕方なく承諾してくれました。

十月十八日
パクリタキセル　二十六回目／ゾメタ　十六回目

この日、エコー検査をしたあと、母ははっきりと、

「もう抗がん剤をやめたいんですけど……」

と主治医に申し出ました。しかし主治医は、

「抗がん剤やめたら、がんがまた膨らんでくるよ〜」

と冗談なのか本気なのか分からない口調で、母の申し出を却下しました。しかも、せっかく六週間空けていたのに、次の予定が四週間後になっていたので、母はがっかりして帰

ってきました。六週間空けても、エコー検査で変化がなかったので、本当にもう抗がん剤は必要ない時期にきているのではないかと私は素人ながら考え、次回も予定どおり行かせる気はさらさらありませんでした。

そんな思いが通じたのでしょうか、それとも完全にこちらの目論見を読まれていたのでしょうか、次回抗がん剤投与の予定日（十一月十五日）二日前に、クリニックの看護師から電話がかかってきました。

「明後日の抗がん剤、来られますか？」

「いいえ、行きません」

母はそう答えたようです。こんな電話があったのは初めてのことでした。

「そうですか。こちらも薬を準備する関係がありますから確認したかったのですが……分かりました。それなら来月の初めにでも主治医と話し合いをしてください」

看護師は医師との話し合いを勧め、電話を切りました。


十二月一日、主治医との話し合いが持たれました。

抗がん剤はやめると決めてはいても、ごくわずかな迷いや不安はありました。そんな時、予防のために二ヶ月に一回抗がん剤投与をしている方のブログを見つけたので、主治医に聞いてみました。

「予防のために二ヶ月に一回、抗がん剤を投与するのはいかがでしょうか？　完全に止めてしまうのもやや不安があるので……それで様子を見るのは駄目ですか？」

「二ヶ月に一回打ったって全く意味がありませんよ。かと言って抗がん剤をやめたら、またしこりが膨らんでくる可能性はありますよ」

「でも今、抗がん剤の効果でがんを抑えられているのだとしたら、もしいったんやめてしこりが膨らんできたとしても、またその抗がん剤を打てば効果があるような気がするんですが、そういうものではないんでしょうか？　そのほうがずっと打ち続けているよりも身体の負担もないし、薬の耐性ができなくていいように思うんですが……。もちろん、全くの素人考えですが」

　私が尋ねると、主治医はそのことには返事をせず言いました。

「とにかく、あなたのお母さんのケースはあまりにも稀で、このクリニックでも例がないんですよ。だから私も非常に興味深いんですが、正直全く分からないというのが本音です」

「じゃあ、先生も初めての経験として、母で実験してみたらいいんじゃないですか？　今後、がんがどうなっていくか」

　それに対し主治医は、「理科の実験じゃないんだから……」と言ってしばらく考え込ん

だあと、

「わかりました。では抗がん剤、一度やめてみましょう。それでいいですよ。あとは二ヶ月に一回、エコー検査と血液検査をして経過観察していきましょう」

と意外にあっさりと抗がん剤中止が決まりました。私は安堵しつつもまだ聞きたいことがあったので尋ねました。

「ゾメタもやめて大丈夫ですか？　ゾメタだけのために点滴はしたくないので、最近出たランマークの注射に変えていただきたいとも考えたのですが、最近のニュースで副作用による死者が二人出ましたよね。どうなんでしょうか？」

「ランマークもゾメタも同じようなものですが、それもしなくても、いいんじゃないですか」

「では骨を強くする飲み薬などを飲んだほうがいいでしょうか？」

腰痛は相変わらず続いていたので骨が気になったのです。

「飲み薬はほとんど意味がないんだよねぇ」

主治医がそう言ったので、ゾメタもランマークも、骨強化のための飲み薬も、全てなしになりました。最後に、

「本当は、そろそろCTと骨シンチの検査もしたほうがいいんだけどね」

と言われましたが、私が、

「検査しても、何かよく分からないですよね。あの検査、母にとっては結構しんどいんで、もう少しあとにしてください」

と言うと主治医はそれ以上何も言わず、話し合いは終わり、抗がん剤治療は二十六回目の十月十八日を最後にやっと終了となりました。

25. 抗がん剤をやめてからの検査とその後の生活

十二月二十日、抗がん剤をやめてから二ヶ月後の検査に行きました。
エコー検査ではしこりはさらに小さくなっていて、一・五センチ以下でした。
触診した時、主治医が、「あれっ！　何かしこりが奥に引っ込んでるなぁ」と言い、少なくとも悪くはなっていないということでした。
私が母の乳房を見た限りでも、しこりがあった右側の乳房のほうが、左側よりも萎んでいるように見えました。

抗がん剤の投与について常に考えていた平成二十四年が終わり、新しい年を迎えました。家族が揃って新年を迎えられたことは何よりの喜びです。しかし、まだ不安が消え去ったわけではありません。

平成二十五年二月二十二日、抗がん剤をやめてから四ヶ月後のエコーと血液検査の日です。

この日は朝食を抜いて、肝臓と胸をエコーで見てもらいましたが、変化なしでした。多分大丈夫だろうと思ってはいても、抗がん剤をやめてからは検査結果がなおさら心配だったので、この日もいい結果でほっとしました。

血液検査で分かるγ—GTPの数値が、まだ基準値の三倍ほどありますが、それでもやや下がってきました。抗がん剤の影響が消えるには、まだまだ時間がかかるのかもしれません。

次回は五月の連休明けに、マンモグラフィーとレントゲン、血液の検査をすることになりました。

連休明けに来るように言われていた検査でしたが気が進まず、ぐずぐずしてしまい、六月も末になった六月二十六日、やっと病院へ行きました。抗がん剤をやめてから八ヶ月後になります。いい加減行かないと、乳腺クリニックと縁が切れてしまうと思い不安だったので、渋る母をようやく連れていきました。そして予定どおり、マンモグラフィー、レントゲン、血液の検査をし、触診も行いました。

母はとにかくマンモグラフィーが苦痛のようでした。マンモグラフィーより楽な検査方法があったり、エコー検査だけでも受け入れてくれるなら、もっと検診に行く人も増えるのではないでしょうか。治療はもちろん、検査もできるだけ苦痛を伴わない方法ができるといいのにと思います。

血液検査で一番気になるγ―GTPの数値はわずかに下がりましたが、まだまだ基準値の三倍近くありました。半年間、デトックスにいいとされる酵素風呂にたびたび行き、多少効果が見られましたが、一度ダメージを受けた肝臓はそう簡単に元には戻らないようです。

抗がん剤はがんには有効かもしれませんが身体には毒に違いないので、できるだけ副作用の少ない抗がん剤が生まれることを切に望みます。

十一月十八日。抗がん剤をやめてから、一年一ヶ月後のエコーと血液検査です。本当は、前回の検査から三ヶ月後にする予定だったのですが、なかなか予定が合わず、五ヶ月近くも経ってしまいました。検査結果は何の心配もありませんでした。

血液検査の結果、γ―GTPの数値もぐっと下がり、かなり基準値に近づいてきました。今回の検査の三ヶ月ほど前から、アロニアという植物と野菜酵素を使ったドリンクを取り寄せ母に飲ませていますが、もしかしたらその効果が出ているのかもしれません。

抗がん剤の副作用で抜けていた髪の毛も、かなり伸びてきました。

相変わらず外に出かける時はカツラを着用していますが、最近はときどき白髪を染めたりもして、少しおしゃれにも気を遣う気持ちになってきたようです。

茶色に変色していた爪は健康的な色になってきましたが、手足の先の痺れだけはなかなか取れないようです。もしかしたら、これは一生治らないのかもしれませんが、乳がんは安定しているので少しくらいの我慢は仕方がないと言っています。

主治医は、「あんなに巨大なしこりが消えてしまうなんて、不思議だなぁ」というのが口ぐせですが、今回も「ミステリー」と言われ、母も思わず一緒に笑ってしまったそうです。そういうお茶目なところもある主治医との会話は、母の気持ちを明るく和ませてくれます。

エコーで見ると、小さなしこりがまだ映っているので、主治医は針を刺して細胞を取る検査をしたい様子ですが、母が拒むと、「まぁ、しこりも大きくならないで、おとなしくしてるから、いじらないほうがいいかな」と、最近は母の意思を尊重してくれます。

「もう先生も、こんな婆さんどうでもいいってちょっと思ってるのよ。こんな婆さんがすっかり治ってしまって、まだまだ先のある若い人達が何で治らなかったり亡くなったりするんだろうって、きっと思っているに違いないわ」

なんて母はよく言っていますが、そんな話ができるのも回復している証拠だと思います。

私は前回の検査からの五ヶ月の間に、久しぶりに友人と海外旅行を楽しむことができました。これも母が元気で、私の愛犬アンを一週間預って世話を引き受けてくれたお陰です。

乳がんが発覚して、三年の月日が過ぎようとしている六月五日、抗がん剤をやめて約一年七ヶ月後のマンモグラフィーとレントゲン、血液検査に行きました。

今回も何も問題ない検査結果でした。

ただ、マンモグラフィーの検査がきつくて、やっている間も貧血を起こした時のように具合が悪くなったと言っていて、帰ってからもぐったりと横になっていました。

次のマンモグラフィー検査は一年後になる予定ですが、今回のことを主治医に話して、エコー検査だけにしてもらえないか、一応お願いをしてみるつもりでいます。

母と主治医の間で、こんなやりとりがあったそうです。

「よく来たね。元気でしたか？　まだカルチャーセンターに絵を教えに行ってるの？」

「はい、まだ行っています。先生のお陰でこうして元気にしていられます」

「いやぁ、やっぱり不思議だねぇ。もう治ったのかなぁ。手術しないでよかったのかも……」

あれほど手術を勧めていた主治医が、手術をしない選択もありと初めて認めたそうです。

私も母も、手術はできれば避けたいと思ってきましたが、「手術」そのものをよくないと否定している訳ではありません。

乳がん患者のほとんどの方達は手術を当然のこととして受け入れ、治療の成果も出ている人が多いとは思います。

しかし、もしかしたら手術の必要がない人も大勢いるような気もしています。

どんな治療も医者任せではなく、自分や家族の思いを伝え、手探りながらも自分の納得のいく治療を進めるべきだと思います。

自分の身体、自分の命は自分で守ることが大切だと思います。

医者のアドバイスが常に百パーセント正解で、治療方法のすべてだとは思いません。

迷ったり悩みながらも自分がどうしたいのか明確な意思を持ち、それをきちんと伝えることが必要だと思います。

現在、母の乳がん自体は幸いなことに安定していますが、今一番後悔していることは、もう少し早く抗がん剤をやめてもよかったのではないか、やめるチャンスはもっと早くあったのではないか、ということです。しかし、それも今だから思うことで、抗がん剤を投与している最中はとても難しい判断でした。

抗がん剤で受けたダメージは、恐らくそう簡単には回復しないでしょう。今も母は身体の怠さと闘いながら、一日一日を大切に一生懸命生きています。そしてこれからも、命ある限り大切に日々を過ごして欲しいと思っています。

26．今の生活とがんという病気を振り返って

丸山ワクチンはすでに二十クール（一クール二十本）を超え、四百本以上の注射を打ち

ましたが、できる限りこのまま続けていく予定です。

通常週三回、最近はときどき週二回になることもありますが、往復歩いて三十分の距離を自分の足で歩いて行っています。

体力をつけるためにも、太陽にあたって三十分歩くことはちょうどいい運動だと思っています。

病院に行くために通る商店街では、母はすっかり顔馴染みになり、母の乳がんはちょっとした噂にもなっているようで、時には全く話をしたこともない方から、

「お身体の具合はいかがですか?」

と声をかけていただくこともあるそうで、そうした周囲の方のお心遣いを、私も心強く思っています。


乳がんが発覚してすぐ飲み始めたフコイダンは、最初の一年間は一日九粒ずつ飲んでいましたが、高価なサプリメントなので、今は少し節約して一日六粒ずつ飲み続けています。

ニンジンジュースや、玄米、野菜中心の食事も毎日続け、糖分や塩分を控えています。

どうしても甘いものが欲しい時は、オリゴ糖やハチミツ、黒砂糖などを摂るようにしています。

枇杷の葉コンニャクはしこりが消えてからはやっていませんが、枇杷の葉鍼灸院には月に二、三回、定期的に通い、今後も続けていきます。

温熱マットもその後購入し、続行中です。

人間は健康であっても、とにかく体が冷えないように温めて、体温を下げないこと、血流を悪くしないことが大切です。

乳がんになってからは、毎年冬になると悩まされていた霜焼けも改善されました。

温熱マットサロンのHさんはさらにパワーアップして、がんや健康の研究に余念がありません。最近では自然界の百万倍のマイナスイオンが出るという機械を入れられ、私も母とたびたび訪問してはHさんのアドバイスをいただいています。

アロニアが入った野菜酵素のドリンクも飲み続けていますが、これを飲み始めてから肝臓の数値がぐっとよくなったので、効果があるように思います。


さまざまな方が、がんにいいとされるサプリメントなどを勧めてくださり、本当にありがたく、感謝の気持ちでいっぱいです。

がんになり健康管理をしっかりしたことで、がんになる前より元気になったら言うことはありませんが、せめてこのまま安定してくれることを望んでいます。しかし、いつまたがんが再燃してくるか、不安な日々でもあります。これは恐らく、一生ついて回ることかもしれません。

もし、がんが再び悪化したとしても、母は今のところ積極的な治療は望んでいません。その時はまた考えも変わり、どうするかは分かりませんが、今はとにかく油断することなく、今の状態を一日でも長く保てるように私も全力で母をサポートしていくつもりです。

そして母だけでなく、がん闘病中の皆さんの治療が順調に進み、よくなっていきますようにと願わずにはいられません。一人でも多くの方々が快方に向かっていくために、できる努力は少しでもして欲しいと思っています。

たとえば、爪を揉んだり、足を揉んだりするだけでも、免疫力アップに繋がるそうです。そんな些細なことでも、体にいいとされる健康的な生活を心がけ、生活習慣を見直していくだけでずいぶん違うのではないでしょうか。

そして病院も、標準治療だけではなく、もう少し総合的な治療ができる病院が増えてくるといいと思います。

また、医者の立場からは難しいこともあるのでしょうが、標準治療以外は全面的に否定するのではなく、民間医療や代替医療などにも多少目を向けてくださることを望みます。

二人に一人はがんになる今の時代、予防できるならそれに越したことはないでしょう。一度がんを患うとそれまでの生活は一変し、本人はもちろん、家族も大変な負担を強いられます。そして症状が落ち着いても、いつまた再発するのではないかと不安な日々を過ごさなければなりません。

がん治療の研究が進むことを願いますが、百人百様のがん、どんなスーパードクターでも分からないことがまだまだ多く、どんなに有効な薬でも効く人と効かない人がいるのが現状です。また、抗がん剤の副作用で健康だったところに障害が出てしまうのでは生活の質も落ち、がん自体は退治できたとしても、辛い日々を過ごすことにもなりかねません。

母はがんが分かってから定期預金を解約したり、仕舞い仕度を始めたり、間近に迫る死を覚悟したこともあったようです。でも母は、絶望的な死の淵から這いあがることができました。

それは、運がよかっただけかもしれません。

乳がんは、がんの中でも薬の研究が進んでいて、さらに新しい薬も次々と認可され、薬の種類も多く、治りやすいと言われています。

標準治療だけで治る方ももちろん多く、母にしても抗がん剤が効いただけ、と言われることもあります。たしかにそうかもしれませんが、私はやはりできる範囲で、特別、体に負担にならず害にならないことなら、自分に合った方法を少しでも試してみる価値はあると思います。

何もしないよりは何かをして、結果、相乗効果でいい方向に向かうかもしれない。何より、プラスのイメージを信じて実行することは、決して無駄ではなかったと実感しています。

人それぞれの考えがあり、私の考えを押しつけるつもりは毛頭ありませんが、ほんの少しでもヒントになれば嬉しく思います。

あとがき

母の乳がんが発覚した時、私は何をどうしていいのかさっぱり分からず路頭に迷いました。

今まで、私の親類、友人にがんを患う方々や、残念ながら亡くなってしまった方々がいたにもかかわらず、自分には無縁なことだとどこかで思っていたのです。

がんに対する知識も全くなく、すべて手探りで、何が正しくて何が間違っているのかも分からないまま、なかなか決断できない日々でした。

インターネットで検索したり、本や雑誌を読み漁ったり、さまざまな講習会に参加したり、たくさんの方々の闘病ブログを読ませていただいたりして、今ではちょっと自慢できるくらいがんには詳しくなりました。

がんになったら私に相談してね、と冗談を言うくらいで、実際に相談してきてくれた友人もいます。

母が乳がんになり、平成二十六年で四年目になりました。ここまで生きてこられたのは、奇跡に近いことだと思っています。その間、大変なこと、苦しいこともありましたが、そればかりではありませんでした。

母が乳がんを患ったことで周囲の方々の温かい心に触れ、たくさんの出逢いもありました。ブログを通して知り合った方は、今ではリアル友としてお付き合いくださり、一緒に音楽を楽しむ仲でもあります。また、コメントを通してフェイスブックのお友達になってくださった方々もいました。

そして晴佐久昌英《はれさくまさひで》神父が書かれた「病気になったら」の詩にも出合い、私が曲をつけて一曲の歌が完成しました。

歌手の桂宏美さんの歌唱で、ナウティムレコード会社からアマゾンなどで全国発売されていますので、よかったらお聴きください。CDの収益の一部は、がん撲滅基金に寄付されます。

その姉妹盤として、この本の付録にもなっている歌、「元気になったら」も完成しました。

母が乳がんにならなかったら、決して生まれることのなかった歌です。これらの歌ができるまで多くの方々に協力していただきました。私一人では到底なしとげることはできなかったでしょう。本当に心から感謝いたします。

そして、この本の中に母が、はがきに描いた絵を載せました。

母は五十歳を過ぎてから始めた俳画をライフワークにし、生き甲斐にしてきました。六十歳を過ぎてからは講師として、今もカルチャーセンターの俳画教室で教えています。乳がんになってからも月に一度の仕事を一度も休まず、苦しい抗がん剤治療の合間も、体に鞭打って頑張って続けてきました。

そんな母をとても誇りに思っています。

もう続けられなくなるのでは、今がやめ時かも、と思ったことも何度もありましたが、この仕事があったお陰で、がんに打ち勝つためのモチベーションを高めてくれたのも事実です。

今、母は体力の衰えは仕方ないとしても、おまけにいただいた残りの人生を大切にして、この本の完成を楽しみにしてきました。

また、私が留守をする時は愛犬アンの世話をしてくれるのでとても助かっていますが、母にとってもアンの存在は欠かせず、アンが家の中にいるだけで自然と笑顔になれて、とても癒されているようです。「アンの散歩」（ＹｏｕＴｕｂｅで聴けます）という歌は犬の雑誌でも紹介され、ＣＤや楽譜（ＹＡＭＡＨＡぷりんと楽譜）も販売されています。

そして何より、母が乳がんにならなかったら、私は一生、本を出版することはなかったでしょう。母が最後に私にくれた、またとないチャンスだと思う今日この頃です。

こうして振り返ってみると、失ったものより得たもののほうがずっと多かったと思えます。

拙い文章に最後までお付き合いくださいまして、誠にありがとうございました。

文芸社の方々のお陰で無事本が完成し、出版できたことに心から感謝いたします。

母にかかわってくださった多くの方々のお陰で今も生かされています。

皆様のご健康とお幸せを心よりお祈り申し上げます。

平成二十六年十二月

嶋田　富美子

『病気になったら』CDジャケット

『アンの散歩』CDジャケット

元気になったら

作詞・作曲　嶋田富美子

1　元気になったら　最初に何しよう　あれもこれも出来る　事がたくさんある
元気になったら　子犬と駆け廻り　広い草原を　息弾ませながら
元気になったら　美味しいもの作り　お腹一杯まで　思い切り食べたい
あーぁ　本当に元気になりたい　それだけで幸せに　満ち溢れる

2　元気になったら　家族と旅行して　思い出を残して　積み重ねてゆこう
元気になったら　親孝行しよう　散々迷惑や　心配かけた分
元気になったら　子供たちと遊び　大人になるまで　見守っていたい
あーぁ　本当に元気になりたい　きっといつかきっと　その日が来る

3　元気になったら　友に手紙書こう　感謝の気持ちを　素直に綴ろう
元気になったら　誰かを助けたい　今まで誰かに　助けられたように
元気になったら　あなたに会いにゆく　あなたの姿を　目に焼き付けたい
あーぁ　本当に元気になりたい　たった一つだけの　夢叶えて

元気になったら

作詞・作曲　嶋田富美子

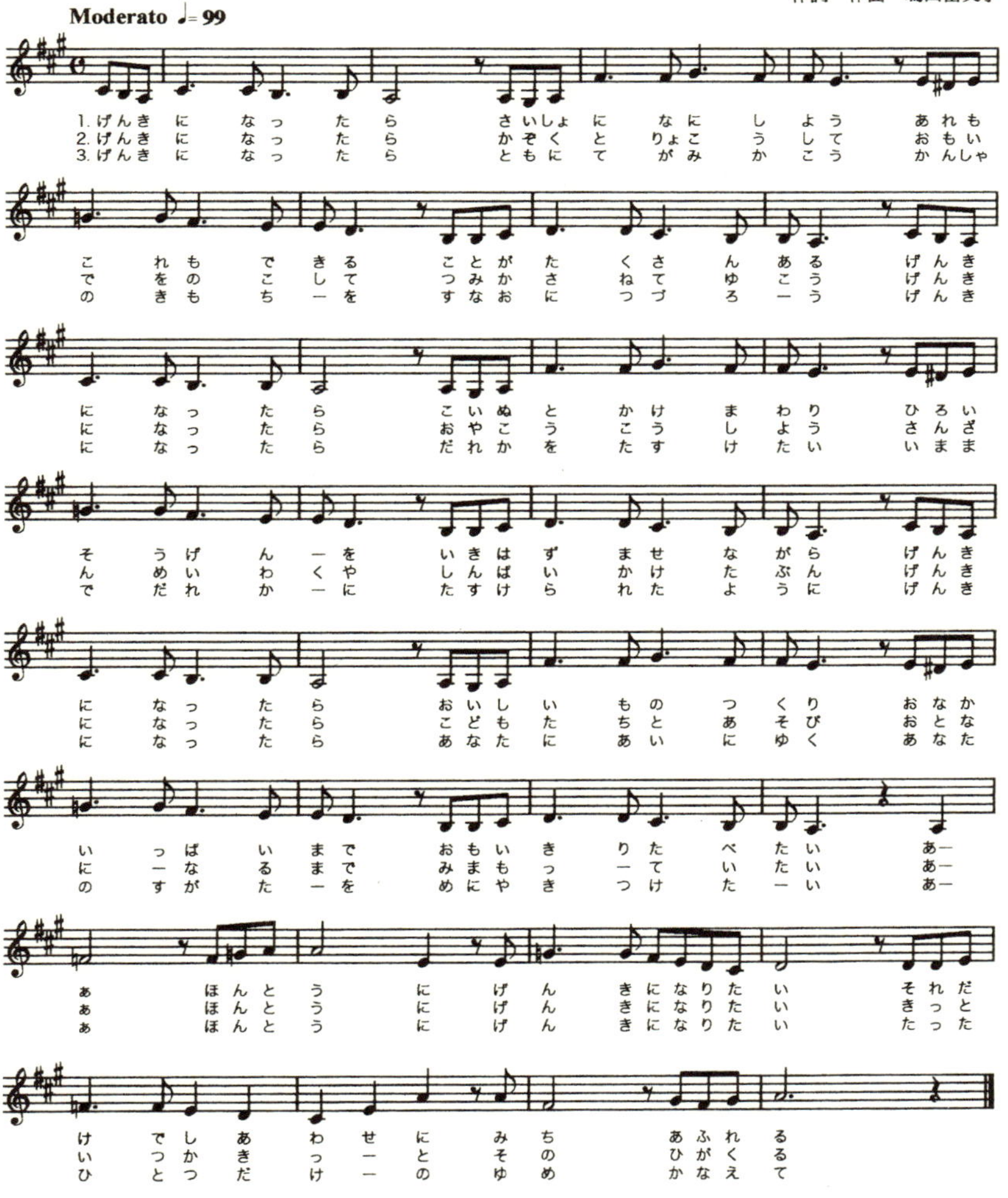

著者プロフィール
嶋田 富美子（しまだ ふみこ）
1961年生まれ。
神奈川県出身。
大学在学中から作詞、作曲、コンサートなど音楽活動を続けながら、学習塾の講師や家庭教師として子供の教育にも従事。
トイプードルのアンをこよなく愛する愛犬家。

資格：教員免許

元気になったら 母の乳がん末期からの闘病記

2015年3月15日 初版第1刷発行

著 者 嶋田 富美子
発行者 瓜谷 綱延
発行所 株式会社文芸社
〒160-0022 東京都新宿区新宿1－10－1
電話 03-5369-3060（編集）
03-5369-2299（販売）

印刷所 図書印刷株式会社

ISBN978-4-286-15911-9